L'INCROYABLE BÊTISIER DES FONCTIONNAIRES

Jérôme Duhamel est éditeur et journaliste. Il est l'auteur de plus de quarante livres, dont de nombreuses anthologies. Il participe régulièrement à l'émission *Le Fou du roi* sur France Inter.

Paru dans Le Livre de Poche :

LE BÊTISIER DES PROFS

LE GRAND MÉCHANT BÊTISIER

LE GROS DICO DU VRAI-FAUX

LES PERLES DE L'ÉCOLE

LES PERLES DES MISOGYNES

LE XXe SIÈCLE BÊTE ET MÉCHANT

JÉRÔME DUHAMEL

L'Incroyable Bêtisier des fonctionnaires

ALBIN MICHEL

Maquette intérieure : Luc Doligez

TABLE DES MATIÈRES

AVERTISSEMENT

Ce livre reprend, pour partie, certains textes parus dans d'autres ouvrages antérieurs de l'auteur, notamment « Les perles des fonctionnaires » et « Le bêtisier des profs ».

L'EXEMPLE VIENT D'EN HAUT

Rire des fonctionnaires semble être devenu, en France, sport national. Dieu merci, les premiers à le faire sont souvent les fonctionnaires eux-mêmes. Sans eux, d'ailleurs, sans leur sens de l'humour et de l'auto-dérision, ce livre n'existerait pas, puisqu'ils en ont fourni sans rechigner la matière première : 2000 « perles » résolument authentiques.

Le but de ces 384 pages n'est donc pas de régler des comptes avec eux. De montrer du doigt pour moquer ou dénoncer. Non, sa seule ambition est de provoquer (souhaitons-le du moins...) un immense éclat de rire. De faire souffler un vent de bonne humeur susceptible de faire tomber le mur d'incompréhension ou de méfiance qui a trop souvent séparé les Français de leurs administrations.

Comment pourrait-on les blâmer, d'ailleurs, nos fonctionnaires, de parfois déraper ? Ne font-ils pas autre chose que suivre l'exemple de ceux qui sont sensés les diriger ou, à tout le moins, leur fournir la matière première des décrets ou des lois qu'ils vont essayer de nous appliquer ? L'exemple, même s'il vient de haut, de très haut, n'est pas vraiment à suivre. Plus délirants que nos politiciens, tu meurs !

À tous seigneurs, tous honneurs ! Penchons-nous d'abord sur le cas (désespéré pour certains) de nos trois plus récents présidents de la République...

Jacques CHIRAC (ex-ministre de l'Agriculture, ex-ministre de l'Intérieur, ex-Premier ministre (2 fois), président de la République) :

- *« Un cycliste n'est stable sur sa bicyclette qu'en avançant. »*
- *« On s'est interdit le retour en arrière qui serait une régression. »*
- *« Un match ne peut être gagné ou perdu que s'il a eu lieu. »*
- *« Je suis favorable à un septennat de sept ans... »*

François MITTERRAND (ex-ministre de l'Intérieur, ex-président de la République) :

- *« Le Bicentenaire, ça ne se fête pas tous les ans, ça se fête tous les cent ans. »*

Valéry GISCARD D'ESTAING (ex-ministre des Finances, ex-président de la République) :

- *« On ne guérit pas les plaies en les léchant avec une langue de bois. »*
- *« J'ai connu Mozart à la naissance… »*

Examinons ensuite sur les gaffes, bévues ou boulettes de sept Premiers ministres de la même période :

Lionel JOSPIN (ex-ministre de l'Éducation nationale, Premier ministre) :

- *« Si je suis élu, il n'y aura plus d'inondations. »*

Raymond BARRE (ex-ministre du Commerce extérieur, ex-Premier ministre) :

- *« L'avenir, ce n'est pas la fuite en avant dans le passé. »*
- *« La meilleurs façon de réduire le chômage, c'est de travailler. »*

Pierre MAUROY (ex-Premier ministre) :

- *« La nationalisation est une des formes du génie français. »*

Laurent FABIUS (ex-ministre du Budget, ex-Premier ministre, Ministre des Finances) :

- *« Dans le régime des charbons, il n'y a pas de licenciements : il y a des suppressions d'emplois, ce n'est pas du tout pareil ! »*

Michel ROCARD (ex-ministre du Plan, ex-Premier ministre) :

- *« La vie est un tissu de poignards qu'il faut boire goutte à goutte. »*

Édouard BALLADUR (ex-ministre de l'Économie, des Finances et des Privatisations, ex-Premier ministre) :

- *« Je ne fais pas de promesses, mais je les tiens. »*

Alain JUPPÉ (ex-ministre des Affaires étrangères, ex-Premier ministre) :

- *« Franchement, je suis capable du meilleur comme du pire. Mais dans le pire, je suis le meilleur. »*

Jetons maintenant un œil, indulgent mais atterré, à toute une ribanbelle de ministres en tous genres qui ont toujours réussi, hier comme aujourd'hui, à marier l'invraisemblable et le pire…

Jean-Pierre CHEVÈNEMENT (ex-ministre de l'Éducation nationale, ex-ministre de la Défense, ex-ministre de l'Intérieur) :

- *« Le meilleur moyen d'apprendre à apprendre, c'est encore d'apprendre. »*
- *« Je suis pour le basisme qui vient de la base. »*

Jean-Louis DEBRÉ (ex-ministre de l'Intérieur):

- *« Si la presse ne rendait pas compte des attentats, il n'y en aurait sans doute pas. »*

Jack LANG (ex-ministre de la Culture, ministre de l'Éducation nationale) :

- *« La montée du chômage prouve paradoxalement la bonne santé de notre démographie. »*

Jacques TOUBON (ex-ministre de la Culture et de la Francophonie, ex-Garde des Sceaux) :

- *« Je ne suis pas de ceux qui trouvent absurde de faire dire à un petit Sénégalais "nos ancêtres les Gaulois". »*
- *« Il faut contraindre les hommes à être libres. »*

François BAYROU (ex-ministre de l'Éducation nationale) :

- *« Nous sommes en mesure de faire tout ce que nous pouvons faire. »*

Claude ALLÈGRE (ex-ministre de l'Éducation nationale) :

- *« Je ne vais pas non plus introduire le grec obligatoire en maternelle. »*

Bernard KOUCHNER (ex-secrétaire d'État à l'Insertion, ministre de la Santé) :

- *« Je me demande si un jour, sans le savoir, je n'ai pas été cannibale au Biafra, alors qu'il n'y avait plus rien à manger… »*

Jean-Claude GAUDIN (ex-ministre du Tourisme, maire de Marseille) :

- *« Mieux vaut être premier adjoint de la deuxième ville de France que sous-secrétaire d'État aux hortensias. »*

André JARROT (ex-ministre de la Qualité de la vie) :
- *« Il ne faut pas faire le silence autour du bruit. »*

Hervé de CHARETTE (ex-ministre de la Fonction publique, ex-ministre des Affaires étrangères) :
- *« Il faut secouer l'administration comme la publicité le fait avec la petite bouteille et développer la stratégie Orangina. »*

Brice LALONDE (ex-ministre de l'Environnement) :
- *« Nous sommes le parti de ceux qui ne veulent pas de parti. »*

Pierre MÉHAIGNERIE (ex-ministre de l'Agriculture, ex-Garde des Sceaux) :
- *« Oui, nous avons besoin d'un centre carré ! »*

Alain MADELIN (ex-ministre de l'Économie et des Finances) :
- *« Le remède contre le chômage, tout compte fait, c'est de créer des emplois. »*

Nicolas SARKOZY (ex-ministre du Budget) :
- *« Si nous ne réussissons pas, nous échouerons. »*

Saluons enfin la mémoire de tous les parlementaires anonymes, députés ou sénateurs, qui ont apporté chacun leur petite pierre à l'énorme et cocasse édifice du ridicule et de l'insensé...

- *« Si l'édifice doit s'écrouler par la base, les sommets en demeureront inébranlables. »*
- *« J'ai consulté le peuple, il m'a répondu affirmativement : non ! »*
- *« Du tunnel de votre ignorance, nous apercevons la lumière de la découverte ! »*
- *« J'ai débuté avec ma seule intelligence, autant dire rien ! »*
- *« J'ai pris les arrêtés qui seront applicables à ceux qui voudront bien s'y soumettre. »*
- *« Si vous m'élisez, je serai 24 heures sur 24 à votre disposition et le reste du temps à ma table de travail. »*

Sans doute n'est-il pas besoin d'ajouter le moindre commentaire...

Jérôme Duhamel

Chapitre 1

Sécurité sociale et Allocations familiales

L'homme est arrivé à l'hôpital souffrant d'une luxure à l'épaule...

Votre dermatologue vous expliquera précisément les points noirs de ce dossier...

Hospitalisé, vous avez donc souffert d'un contrôle...

Pas question de rembourser 34 séances de massage pour une petite entorse !

Vos verres s'étant cassés sous un choc indépendant de votre volonté mais volontaire quand même de votre part, il n'y a pas lieu à remboursement.

Il n'y a vraiment pas besoin d'envoyer en recommandé avec accusé de réception toutes les sottises que vous proférez sur notre compte !

Le médecin légiste n'a pu conclure formellement à une mort naturelle, ne serait-ce qu'en l'absence de la tête.

La macabre découverte fut transportée à l'Institut médico-légal afin d'être examinée. Il s'agit du côté droit, dos, poitrine et bras droit d'un corps de femme, faisant vraisemblablement partie des deux jambes trouvées lundi.

L'homme s'était tranché les jambes à l'aide d'un petit canif...

La caisse se réserve le droit de décider quelles maladies sont bonnes pour le malade...

L'attribut masculin n'a pu être greffé sur le corps, celui-ci ne s'étant pas présenté à temps.

Monsieur,
Réception sauf services, nous regret savoir pourquoi demande deux reprises service générale, voir avec que sinon retourner soins exemplaires médecin de prise en charge quand certains que vous reçus de hospitalisation ne pouvant, cette attente prions sentiments distingués.

On ignore l'identité et le sexe de la victime, d'ailleurs de petite taille...

Le cadavre dans lequel gisait le corps...

Sans réponse de votre part par retour du courrier, nous serons dans l'obligation de considérer que nous n'avons pas reçu de réponse de votre part.

Malgré la bonne conservation de son squelette, l'homme était mort.

La femme perdit provisoirement la vie...

Le sexagénaire partageait sa respiration avec sa fille...

L'homme était un malade mental, ce qui nous fut confirmé par sa carte d'identité.

Le corps étant dans un état de décomposition avancé, la décision fut prise de constater la mort.

L'auto des policiers ne put qu'emmener sa fille Incarnation à l'hôpital de la Conception.

Mortellement mort, l'homme devait décéder peu après son arrivée.

Le médecin n'étant pas joint à l'ordonnance, nous ne pouvons procéder à son remboursement.

La cure thermale a pour but d'être curative...

Vous nous renvoyez pour la troisième fois des justificatifs que nous ne vous avons pas demandés, ce qui commence à nous faire croire que vous ne disposez pas des justificatifs que nous vous demandons.

Le patient a alors tenté de mettre fin à ses jours en prenant le métro.

Veuillez donc nous excuser de vous avoir adressé des excuses...

Votre dossier ne nous est pas parvenu car nous avons dû l'égarer par erreur...

Mettez alors chacun de vos enfants dans une enveloppe avant de nous les envoyer.

Merci de voir avec votre médecin traitant pour qu'il choisisse une seule des maladies dans la liste de celles que vous avez...

Le malade était titulaire de nombreuses cicatrices...

Des réclamations comme la vôtre, nous en recevons des millions tous les jours !

Quant aux frais d'ophtalmologie, il faut voir...

C'est parce qu'il faut le compléter que votre dossier est incomplet.

Vous serait-il possible de nous faire savoir à quelle date vous êtes sorti de votre caisse ?

Vous nous reprochez de ne pas rembourser les montures de lunettes ce qu'elles coûtent, mais ce n'est pas moi qui fais la loi ni d'ailleurs la caisse donc nous n'y pouvons rien et rien ne vous empêche de choisir des modèles agrégés dans notre caisse donc moins chers et remboursables.

Ayant reçu une tôle dans la tête, il s'était fracturé le pied.

Le médecin a-t-il eu tort de refuser la transfusion qui aurait sauvé le malade ?

Votre qualité d'étranger vous rend étranger à nos prestations.

Merci de bien vouloir joindre les pièces manquantes, à savoir : NÉANT.

L'usage des voitures d'enfants est réservé aux personnes âgées.

Pour vos pieds, nous ne marchons pas...

La vieillesse n'est pas une maladie en soi, mais quand même...

La victime vivait chichement sur son décès...

Si vous n'avez pas cotisé, vous n'avez pas le droit de tomber malade.

La maison de retraite l'avait renvoyée pour indiscipline.

Le prix des montures de lunettes dépassait largement celui des yeux...

Votre existence n'a donc aucune valeur administrative pour nous.

Le remboursement peut se faire soit en liquide soit en espèces...

Le courrier vous a été adressé le jour de son envoi...

Bien sûr, les erreurs de l'ordinateur n'engagent que lui...

La sage-femme était en train d'accoucher quand trois autres bébés lui sont sortis dessus...

Pour le numéro, votre sexe s'appelle 2...

Son cœur avait arrêté de battre la mesure...

À part vos trois enfants, vous n'êtes pas mère de famille...

Votre bonne volonté ne peut faire preuve de bonne foi...

L'assuré terminait toutes ses lettres comme ça : Sécurité Sociale = S.S !

Nous avons accepté cette prise en charge parce que nous avons remarqué que les documents étaient truqués...

Votre petite taille n'est pas un motif de redressement...

Le bilan annuel avait eu lieu de mois en mois...

Les radios étant floues, elles n'avaient rien révélé d'anormal...

Les maladies ne sont distribuées qu'à partir de 9 h.

Votre carte étant valable jusqu'à la fin de l'année, il vous est interdit de l'utiliser.

C'est provisoirement qu'il avait trouvé la mort en voiture...

Vous devez changer votre caisse quand vous changez d'adresse.

L'acceptation de votre prise en charge suppose encore que nous l'acceptions.

Les deux frères jumeaux, âgés respectivement de 4 et 11 ans...

Le nourrisson a été renvoyé ensuite dans son domicile conjugal...

Le matériel d'assistance respiratoire est lui aussi à bout de souffle...

Il s'est suicidé juste avant de commettre son meurtre.

Quant à la victime, assassinée de 8 coups de hache, le rapport concluait à une mort naturelle.

La requérante qui bénéficie déjà de 3,6 enfants pourra désormais se prévaloir de 4,3 enfants.

La consultation n'est pas facturée en cas de décès.

La date de validité est inscrite dans la case où il n'y a rien marqué.

Le délai d'attente normal pour une réponse à vos courriers est de : 15 ans maximum.

Nous ne vous devons donc plus rien sauf l'ensemble des sommes dues.

L'amputation du zobe de l'oreille fut pratiquée en même temps...

La série de piqûres doit être effectuée impérativement dans les fesses (ou n'importe où ailleurs).

Elle a tenté de mettre fin à ses jours en attentant à sa vie.

Elle s'était fait soigner les mains par un pédicure...

L'achat en une seule fois de 60 paires de bas à varices nous a laissés perplexes...

Avec un retard de 4 ans, la somme vous a été réglée sans délai.

Les shampooings ne peuvent être assimilés à des maladies.

Elle allaitait au sein à l'aide de biberons non stérilisés...

C'est un arrêt du cœur qui lui donna le coup de grâce.

Il a été transfusé jusqu'à ce que mort s'ensuive...

L'homéopathie étant une médecine de gogo, nous ne la remboursons pas.

Nous vous renvoyons votre médecin à compléter par le dossier.

Si votre nom n'apparaît plus sur nos listings, c'est que vous n'existez plus.

Elle restait chétive malgré son obésité...

Déposé dans notre boîte à lettre, vous avez dû y rester par erreur.

Puisqu'elle a perdu la raison, il n'est pas question de la lui rembourser.

Elle avait accouché moins de deux semaines après son avortement...

Pendant la grève, le suivi des dossiers continuera d'être assuré par le personnel en grève.

Elle pourra bénéficier de soins à domicile à l'hôpital.

Les remboursements s'effectuent aux guichets 3 et 4 qui sont fermés jusqu'à nouvel ordre.

Le SAMU n'ayant pas répondu assez vite à son appel, il prit deux aspirines.

Exceptionnellement, le vaccin pourra donner lieu à une vaccination.

Nous ne sommes pas une caisse pour les animaux...

Le fait d'avoir avalé cette petite cuillère est-il assimilable à une intoxication alimentaire ?

En état de décomposition avancée, son corps demanda le remboursement des soins...

Merci de ne pas lire le formulaire avant de le signer.

Arrivée dans l'établissement à l'état de squelette, la victime devait en ressortir huit jours plus tard sans ses béquilles.

La mairie nous réclame le montant de vos frais d'inhumation...

Le cadavre est resté huit jours entre la vie et la mort...

Le service des urgences ne pouvant accueillir que les cas graves, merci de s'adresser au service maternité en cas de décès.

La maman n'avait pas un lait assez riche pour nourrir le bébé et le père.

Puisque vous êtes une femme, vous avez obligatoirement un sexe...

En pleine intervention, les deux médecins s'empoignent et se battent devant leur patiente...

Il portait depuis toujours des lunettes de myope pour aveugle...

Personne ne peut avoir raison contre notre ordinateur...

La victime eut la chance de ne pas mourir avant d'arriver à l'hôpital où elle devait succomber à ses blessures.

Le malade est décédé sous l'action efficace des médicaments...

Votre compte est créditeur d'un montant débiteur de 500 francs.

Le médecin goujat de la Sécurité sociale : « Pourquoi faire une cure, Madame ? Vous êtes complètement pourrie... »

Elle a été très surprise de voir que le carnet de santé était adressé à sa mère... morte dix ans plus tôt.

L'hôpital d'Orléans laisse mourir des malades « sans intérêt ». Ils étaient « vieux et mal portant », avoue un chirurgien.

Pour le traitement informatique, votre sexe ne doit pas sortir de la colonne.

Le corps fut transféré de toute urgence à la morgue où il devait décéder malgré nos soins.

C'est le record absolu de la stupidité administrative : un chèque de 0,01 centime envoyé par la Caisse primaire d'assurance maladie de la région parisienne à un habitant de Villemonble.

La Sécurité sociale lui réclame 6 000 francs pour le don de son rein.

50 ans après la guerre où il avait perdu les deux jambes, l'homme dût être amputé de celle qui lui restait.

Ce remboursement n'est pas un dû puisque nous vous le devons de toutes façons...

L'hôpital ayant omis de nous signaler votre hospitalisation, vous n'avez donc pas pu être hospitalisée.

Précisez bien de quel œil il s'agit : le gauche, le droit ou celui du milieu.

Étant décédé lui-même peu après, le mari n'a pas pu jouir très longtemps de sa femme...

Il s'agit d'une maison de retraite pour vieillards en bas âge.

Après être mort d'une cirrhose, l'homme décida d'arrêter de boire.

En cas de décès, préciser si le défunt était vivant au moment du décès...

Son bras gauche a été hospitalisé juste après l'accident.

Tout retard entraîne automatiquement la suppression du rendez-vous, même avec une excuse sérieuse, sauf si celle-ci est valable.

Nous vous rappelons que vous nous signalez dans votre dernière lettre un accident que vous avez déjà eu l'année dernière à deux reprises, ce qui fait beaucoup pour un seul homme...

Merci de bien vouloir nous retourner les deux exemplaires des documents que nous avons déjà dans votre dossier.

Les enfants nés de parents avariés ne peuvent être allaités que par leur mère.

La chute de l'ouvrier a heureusement été amortie par une palette de parpaings qui se trouvait sur le chantier.

Il est rappelé qu'au-delà de 25 ans, les malades n'ont plus accès à la consultation des nourrissons.

Une amputation de bras gauche l'avait rendu impuissant.

La caisse étant fermée le samedi, merci de bien vouloir attendre le lundi 9 h pour les maladies.

Les consultations sont réservées aux personnes venant consulter...

Sans dire un mot, le malade fit le bilan complet de son état de santé à ce jour.

Son décès lui permit de guérir rapidement.

L'homme n'étant pas vraiment malade, son admission nous a paru inadmissible.

La femme n'était vêtu que de sa seule grossesse...

Son décès est vraisemblablement dû à une erreur de sa part.

Sa vie lui fut à moitié arrachée par le choc...

Son gros orteil droit semblait complètement gelé, mais moins violet ce soir après les premiers traitements, cependant il n'a toujours pas retrouvé sa lucidité.

À l'exception de la tête, des deux jambes et du bras gauche, le corps a pu être entièrement reconstitué pour l'autopsie.

La femme, d'une maigreur squelettique, a engraissé en prison de 23 kilos. La situation était telle, qu'une explosion était inévitable.

L'expression « mort apparente », généralement employée par les internes, semble en effet pouvoir prêter à critique et il conviendrait d'y substituer la formule : « Le décès paraît constant ».

Comment expliquez-vous que vous soyez toujours enceinte au bout de quinze mois de grossesse ?

La médecine moderne a fait un grand pas en avant vers son passé.

La mort de votre mari a eu pour effet sa disparition...

Vous avez touché très exactement plus ou moins ce que nous vous devions.

Je vous rappelle que votre numéro de Sécu comporte quinze numéros et non deux.

Commencez donc par faire des enfants avant de vouloir toucher des allocations !

La feuille de maladie que vous envoyez serait valable si elle ne datait pas d'il y a vingt et un an…

Merci de bien préciser si votre hépatite est un soin ou une maladie.

Si vous ne savez pas écrire, merci de nous le signaler par courrier.

Votre médecin n'a pas pu vous prescrire plus de 60 médicaments différents comme vous tentez de nous le faire croire…

CHAPITRE 2

La Poste et les Télécom

Merci de ne pas affranchir les facteurs.

S'il n'y a pas assez de cases pour écrire tout le texte de votre télégramme, soyez plus bref.

Cet appel gratuit est facturé 4,30 F.

Il est recommandé de recommander ces envois.

Merci de ne pas utiliser le Minitel pour faire vos besoins.

Votre abonnement Télécom couvre une période de 2 mois, soit 365 jours.

Merci de ne pas déposer de courrier dans les boîtes aux lettres.

L'argent de Mme LEFRIC n'a pas porté chance aux agresseurs des Chèques postaux.

Le service des renseignements (12) ne donne ni l'heure ni la météo.

Avant de nous accuser, montrez-nous votre accusé...

Des enveloppes pré-timbrées existent maintenant pour les clients qui n'aiment pas lécher.

La réduction de 10 % sur le prix de vente sera effective dès le début de l'année. À noter qu'elle ne diminue en rien le prix de vente.

Les TGV de la Poste (couleur jaune) n'envoient pas de passagers.

Il est interdit de séjourner plus de 8 heures dans la cabine téléphonique.

Votre plainte concernant la perte de cet envoi recommandé ne peut pas être recevable puisque vous n'avez pas été en mesure de nous prouver que nous l'avions perdu.

Le facteur avait garé sa mobylette devant le commissariat, ce qui explique le vol de l'engin...

Il collait ses timbres à l'envers, face contre terre...

Ces deux sacs postaux ont manifestement été distribués par erreur dans des lieux inconnus de tous...

Les initiales T.I.P. (titre interbancaire de paiement) signifient Relevé d'Identité Bancaire.

Le responsable CGT refuse d'acheminer le courrier de la CFDT...

Si vous cherchez l'Écureuil, il est à la Caisse d'épargne.

Mis en service restreint, l'abonné nous télégraphia des injures.

La photocopieuse réservée au public est interdite aux usagers.

Personne ne sait pourquoi la couleur jaune symbolise depuis toujours la Poste qui pourrait aussi bien être rouge ou verte...

Nous garantissons un délai de livraison de 48 h maximum pour ces colis dont l'acheminement ne peut excéder cinq jours.

Ce guichet est ouvert sans interruption de 10 h à 10 h 05.

Tout le courrier déposé avant 16 h est expédié le jour même dès le lendemain.

Les mandats télégraphiques sont réglés en espèces tout à fait liquides.

Toute demande écrite doit être adressée par écrit.

Le coup d'envoi du Mondial a été donné par un timbre rond...

La femme essayait vainement de rentrer dans la boîte avec son colis...

Pour les lettres, les timbres doivent être collés à l'extérieur de l'enveloppe.

Veuillez patienter au guichet n° 2 pour le guichet n° 1.

Pour les recommandés, le préposé n'est pas obligé de demander une signature au destinataire si celui-ci est absent.

En cas d'absence prolongée du facteur, s'adresser à sa femme qui vous le retrouvera.

Les syndicats ont déposé un préavis de grève qui laisse présager à un arrêt de travail.

Dans le cas de colis volumineux, l'emballage ne doit pas être plus petit que l'objet à emballer.

Le bureau est ouvert toute la semaine du mardi au jeudi.

Si votre lettre a bien été postée ce jour-là, elle a peut-être une chance d'arriver...

Écrivez lisiblement le nom du destinataire avant d'emballer celui-ci.

Dans ces pays-là, le courrier est acheminé au rythme lent de la nature et des hommes...

On reconnaît le facteur à sa voiture jaune comme lui.

Les 35 heures permettront donc d'atteindre les 29 h de travail.

Les timbres "spécial Coupe du monde" sont disponibles dès aujourd'hui à nos guichets. Veuillez nous excuser de cette rupture d'approvisionnement.

Le courrier ne sera plus distribué aux personnes qui ne veulent pas se mettre dans des boîtes.

La taxe d'affranchissement à payer est calculée en fonction de la taxe d'affranchissement.

L'agent de comptoir était encore au bistrot...

Ne pas utiliser la photocopieuse pour copier des paquets trop volumineux.

Nous vous remercions d'attendre votre tour dans la fille.

L'augmentation des tarifs prendra effet dès le 15 octobre – et ce dès le 1er octobre.

Merci de ne pas voler les stylos-bille qui servent à nourrir les préposés.

Le cachet de la poste faisant foi, votre lettre n'a jamais été postée.

Le conseiller financier ne reçoit plus les reçus.

Le signal d'appel est fort utile aux abonnés qui veulent qu'on leur signale les appels...

Pour les timbres, merci de vous adresser aux timbres.

Le bureau de poste sera désormais fermé le samedi dès 6 h du matin.

Il convient de remplir les colis avant de les envoyer.

Tous les colis supérieurs à 5 kilos ne doivent pas dépasser 5 kilos.

Il nous avait téléphoné en poste restante...

La mise en service de ces lignes interviendra sous huitaine, soit avant le 22 janvier 2024.

Sa ligne étant coupée, l'abonné nous inondait d'appels...

Des plaisantins avaient branché la ligne du presbytère sur une messagerie érotique...

L'agent indélicat a été immédiatement licencié, c'est-à-dire muté dans un autre service...

L'abonné avait habilement bricolé sa voisine...

Les initiales FAX veulent dire Télécopie...

France-Télécom : affaire suivie par Mme COUPEZ.

Les appels vers d'autres mobiles sont gratuits à moins qu'ils soient facturés.

La liste rouge permet de ne pas être reconnu au téléphone...

Il piratait la ligne de ses voisins et se retrouvait souvent à discuter avec eux sur la même ligne...

Un timbre spécial Saint Valentin a été émis pour les amoureux de la Poste.

Les télégrammes sont désormais remis en mains propres par téléphone.

Chez SFR, les nouveaux clients du réseau s'enfilent…

Merci de convertir vous-même les sommes sur la base de 1 Euro = 1 Franc.

Cette dame habite dans la même boîte à lettres que son fils…

CHAPITRE 3

La tactique des gendarmes

Il s'agissait d'un gitan sans gîte connu dans la région...

Le trou de balle était si gros que nous avons pu y mettre deux doigts...

Pendant son interrogatoire, l'homme s'est à plusieurs reprises mouché dans ses doigts d'un air goguenard...

Pour finir, l'interpellé avoua le vol ainsi que quelques autres meurtres.

Ayant garé sa bicyclette le long du mur de la gendarmerie, le dénommé X... a décidé comme d'habitude de venir vomir son alcool dans le local de garde.

Les vagabondages sur la voie publique n'ayant pas cessé après nos avertissements, nous avons été contraints de nous saisir de toutes les poules avec qui l'homme vivait...

Assis dans sa voiture, l'homme faisait mine d'attendre l'autobus...

L'homme conduisait son camion depuis plusieurs heures avec un air désinvolte et suspect...

L'homme est rentré dans sa femme et en est ressorti armé d'un fusil à pompe.

L'homme a insisté pour nous présenter son préjudice qui ne mesurait en fait pas plus de dix centimètres...

Le véhicule n'ayant pu être entendu, nous avons procédé aux vérifications d'usage.

Le conducteur a été victime aux deux jambes d'une infraction caractérisée.

L'homme prétendit que les vols auraient pu être commis par un sosie qui ne lui ressemblerait pas mais un peu quand même...

La femme vivait en concubinage notoire avec sa promiscuité.

La voiture a grillé le stop en hurlant des pneus devant nous...

Innocent ou coupable, l'homme manifestait ouvertement sa culpabilité...

Avons constaté que le chien se livrait en place publique à des comportements intimes et avons intimé l'ordre à sa maîtresse de maîtriser sa situation.

Depuis plusieurs mois, l'homme terrorisait sa famille avec une matraque qui n'avait rien d'humain...

C'est à l'intersection des deux routes que le mur a violemment heurté la voiture...

L'homme dont l'arrestation a été effectuée sur le marché prétendit être un inspecteur de police en civil mais fut incapable de nous présenter sa carte officielle qu'il avait pourtant dans sa poche, comme le démontra la fouille.

Tout le monde savait dans la région que le susnommé était depuis longtemps le mouton noir de tous les agriculteurs.

Nous n'avons pu enregistrer cette plainte, car c'était l'heure de déjeuner.

L'homme répondit verbalement qu'il ne répondrait que par écrit...

Au carrefour dit de « La Roquette », le véhicule a fait de grands signes de la main avant de percuter.

La voiture est entrée en collaboration avec un camion.

Il est à noter que les deux véhicules sont entrés en collision l'un avec l'autre exactement le même jour.

La victime se trouve être la doyenne de la commune, une femme qui, au dire de tout le monde, était encore dans la fleur de l'âge.

L'animal n'a fait qu'une bouchée de la carrosserie du véhicule…

Pour recueillir son témoignage, nous nous sommes rendus dans l'intimité de la plaignante.

Si nos gendarmes n'étaient pas intervenus, le viol n'aurait sûrement jamais eu lieu…

Comme il devait être pris en charge au plus vite par un asile d'aliénés, il a été conduit à la gendarmerie.

L'homme niant toute culpabilité, nous l'avons arrêté…

Contre une amende de 600 francs, la femme accepta de montrer ses fesses aux gendarmes.

Le gendarme B. nous quitte pour rejoindre le poste que ses chefs lui ont assigné. Lubersac gardera un souvenir impérissable de son activité et de sa vigueur musculaire toujours mise au service d'un flair flamboyant.

Interpellé lors d'un contrôle de routine, le voleur prétendit avoir dérobé les chandeliers pour nourrir ses enfants.

Malgré qu'il lui manque un bras, tout le monde sait bien qu'il n'est pas manchot...

Libéré à 11 h 15, l'homme refusa de quitter sa cellule avant la tombée de la nuit de peur d'avoir à rentrer chez lui sous les huées de sa femme.

Si l'appel n'a pas obtenu de réponse, c'est qu'il est parvenu au poste vendredi en fin de matinée alors que le permanent de service venait de partir se coucher, comme tous les jours à la même heure.

C'est dans le four encore chaud de sa boulangerie que nous avons découvert le corps glacé du suicidé...

En nous priant d'accepter ses excuses, l'homme nous affirma que ses injures étaient bien l'expression de sa pensée et que l'incident était donc clos.

Le prévenu nous donna sur le champ le nom et l'adresse d'un avocat qui n'existait que dans son imagination, vu que nous ne le connaissions pas...

L'homme se promenait entièrement nu dans la rue, simplement vêtu d'une perruque blonde qui ne cachait pas son anatomie.

Surpris avec son fusil chargé et un lot de vingt cartouches, l'homme persista néanmoins à prétendre qu'il se rendait à la pêche.

Malgré les fêtes de Noël qui se déroulaient dedans, l'homme avait eu l'audace d'uriner sur le mur de l'église.

Prétendant que le brigadier ne savait pas taper à la machine, l'homme tenta alors de s'emparer de la dite machine pour en faire des confettis.

Les deux voleurs avaient un complice qui était sûrement un troisième larron.

Le peloton presque au complet a passé plusieurs heures à saisir le matériel incriminé qui n'avait aucun intérêt pour l'enquête menée...

L'homme accepta volontiers de nous suivre contre son gré...

Debout sur le capot de sa voiture, l'homme chantait à tue-tête des chansons paillardes pour essayer d'attirer l'attention des deux femmes qui finirent par se réfugier dans l'église pour échapper à son organe puissant.

L'homme nous présenta des pièces d'identité qu'il s'empressa de mettre en pièces détachées sous nos yeux.

Le trou était d'une telle grossesse qu'il nous a fallu près d'une heure pour le boucher.

L'homme fut aussitôt inculpé pour attentat à la pudeur. Les causes de l'incendie ne sont pas encore établies.

L'homme était bien aveugle, comme il le prétendait, et son pantalon maculé était là pour le prouver.

Nous avons donc constaté que la victime était décédée d'un accident mortel.

Sous le coup de la colère, l'homme mangea une pomme en ricanant...

Retrouvée morte, la victime a pu donner un signalement précis de ses agresseurs.

Ivre au milieu de la rue principale du village, l'homme nous a traités de « sales flics », ignorant que nous étions des gendarmes.

L'individu, courant à son tour, réussit à la rattraper avant la fin des bois. Il tenta d'abuser d'elle à deux reprises mais, pour une cause indépendante de sa volonté, il ne put arriver à ses fins.

Le rictus de la mort déformait son sourire.

L'homme exécuta sans réticence tous les ordres que personne ne lui donnait.

Le cadavre ne semblait pas en pleine possession de toutes ses facultés...

Le chien malade a préféré lécher la femme d'un brigadier que de s'enfuir.

L'homme a été arrêté sur le marché pour flagrant délit de délits.

Il volait pour se conformer à ses convictions religieuses.

Disparu depuis bientôt trois semaines, il a été prouvé que l'homme n'avait pas quitté son domicile où plusieurs habitants du village avaient pu le voir en chair et en os malgré son absence.

Un violent coup de marteau l'avait cloué au lit depuis deux jours...

Aucune preuve n'a pu être relevée sur le lieu du crime à l'exception du fusil de chasse à canon double avec lequel le meurtre a été commis.

Avons constaté que le but du larcin était bien le vol...

Peu de morts furent aussi bavards que celui-ci...

Nous avons interrogé le suspect qui a refusé de décliner son identité au motif que nous le rencontrons tous les jours au café du village et qu'il préférait donc garder l'anonymat.

Malgré un taux d'alcoolémie de 3,8, le conducteur avait gardé toute sa lucidité pour écraser l'animal...

Prise par derrière, la femme tenta de reculer pour mieux s'éloigner...

Le prévenu s'imaginait que du vin rouge coulait de sa blessure et ne voulut admettre le contraire qu'en goûtant le sang qui en sortait.

Enfermé depuis quinze ans chez lui, l'homme sortit enfin de sa réserve...

L'homme prétendit avoir visé le lièvre, tuant pourtant son voisin à cette occasion...

Surpris en train d'uriner sur la portière d'une voiture en stationnement, quand il nous a aperçus, l'individu a tenté maladroitement de cacher son sexe avec sa main droite, ce qui s'est malheureusement révélé impossible pour lui vu la taille du dit sexe qui nous est apparue nettement plus importante que la taille de la main dont il se servait pour le dissimuler devant nous. Ayant constaté le délit, nous avons aussitôt verbalisé.

C'est la pluie qui empêcha le brigadier de s'apercevoir qu'il s'était mis à neiger.

Le vent ayant tourné, le projectile fit demi-tour pour revenir sur ses pas.

L'amende en bonne et due forme avait été glissée sous le pare-brise du vélo pour preuve de l'infraction.

L'homme rentrait tranquillement chez lui sans s'apercevoir qu'il était mort...

Après enquête, j'ai déposé mes conclusions à mon unanimité...

L'homme, qui était aussi sourd que son épouse, ne semblait pas s'entendre très bien avec elle.

Constat a été dressé par nous qu'il n'y avait rien à constater...

Le cadavre avait été vu traversant le village à bicyclette le jour du décès...

Quand le contrevenant a crié « Espèce de gros con ! » dans son dos, le brigadier de service a aussitôt cru se reconnaître et a verbalisé.

Nous avons saisi le suspect que nous avons emmené pour interrogatoire sous ses acclamations.

Depuis trois ans, l'homme vivait caché au vu et au su de toute la population.

À notre arrivée, la voiture avait déjà succombé à ses blessures.

Le suspect s'est alors décidé à passer des aveux complets pour nous prouver qu'il n'était pour rien dans cette affaire.

Arrêté par les gendarmes, le voleur les a menacés d'appeler la police.

Le mort eut alors un sursaut qui nous fit douter de son identité...

L'homme avait essayé de cacher l'arme dans ses bottes, malheureusement pour lui il s'agissait d'un fusil dont la longueur dépassait.

L'homme avait pris ses parties dans ses mains et les secouait à toute volée devant la vitrine de la boutique de lingerie de la plaignante sous le regard amusé d'une dizaine de badauds.

L'homme nous déclara qu'il avait effectivement frappé son adversaire avec la manivelle mais en faisant bien attention à ne pas lui faire mal.

L'homme était ivre mort puisque c'était dimanche…

Toute la brigade ne fut pas assez nombreuse pour être assez.

Sans aucune preuve matérielle valable, nous avons eu le regret de devoir le relâcher vers de nouveaux délits.

La neige s'était mise à tomber pour essayer de cacher l'objet du délit.

L'homme a menacé l'adjudant que si on le prenait sur ce ton, lui aussi le prendrait sur ce ton.

Il quitta la gendarmerie avec l'air innocent de quelqu'un qui n'a pas la conscience tranquille.

Les chaussures de l'accidenté étaient aussi bien habillées que lui.

Malgré ses 4 frères et sœurs, le jeune homme était fils unique.

Trop sourd pour nous entendre, l'homme avait fini par devenir aveugle.

S'il avait encore eu sa tête, il n'aurait eu aucun mal à décliner son identité.

De deux choses l'une, c'était soit notre version, soit la sienne, mais c'était la nôtre bien sûr.

Le prisonnier s'est donc enfui avec le radiateur auquel il avait été menotté.

Anonymement, le voleur déclara son identité.

Le logement de fonction du gendarme était trop exigu pour être habité...

C'est en voulant sortir ses papiers que l'homme se rendit compte qu'il était bien mort.

Les trois balles étaient groupées dans l'œil gauche qui semblait ne plus bien voir...

Le complice des deux voleurs était sans doute le troisième...

Le camion que nous avons inspecté transportait 30 porcs munis de leurs femmes.

N'écoutant que son courage, la brigade fut obligée de battre en retraite.

Ne s'étant pas arrêtée au stop, la voiture accéléra brusquement au moment du freinage.

Il rédigea lui-même par écrit son témoignage oral.

Le corps fut retrouvé dans le congélateur encore chaud.

L'homme s'était donc noyé par pendaison…

Contrairement à ce qu'il prétend, nous n'avons jamais abusé de violences sur l'homme, puisque quelques claques n'ont jamais été des violences pour un délinquant.

Ouvrant le coffre du véhicule, nous y avons trouvé uniquement du vide…

Le militaire appréhendé était en fait curé d'une paroisse de la région.

Nous avons enregistré sa plainte en sachant que nous ne ferions absolument rien.

La pièce d'identité présentée par l'homme prouvait sans aucun doute qu'il était coupable.

S'il n'avait pas obtempéré immédiatement, l'homme n'aurait sans doute pas obtempéré.

Pour sortir, il est clair que l'homme avait d'abord dû entrer...

Bizarrement, la collision entre les deux véhicules avait bien eu lieu au même endroit, ce qui attira notre attention.

Aveugle de naissance, la femme n'avait rien vu venir...

Son clignotant ne pouvait pas être mis puisqu'il n'était pas mis !

Avec un taux d'alcool de 3,2 g, le sang de l'homme était comme une bouteille.

Ayant perdu les deux bras, le conducteur faisait de grands signes pour attirer l'attention des autres automobilistes.

L'homme était assez lucide pour constater qu'il n'avait plus toute sa lucidité.

La chasse étant fermée à cette époque, il l'ouvrit lui-même tout seul.

Le récidiviste n'avait jamais rien eu à se reprocher...

N'ayant pas été reconnu coupable de cette agression, le suspect a été gardé en détention jusqu'à ce qu'il avoue son agression.

L'individu a réussi à sortir de ses menottes par la porte de derrière.

La carrosserie était toute maculée de superbes rayures qui la rendaient pas belle à voir.

Le plaignant, visiblement en état d'ébriété, prétendait s'appeler Jésus et signa le formulaire d'une croix...

Bien que nous étions 5 à ceinturer l'homme celui-ci réussit à s'enfuir sans difficulté.

Le fusil à pompe était muni de quatre pneus lisses.

Le conflit entre la police et la gendarmerie étant ce qu'il est, l'enquête n'a pu aboutir.

Le vélo déambulait seul avec une alcoolémie non autorisée.

Le motif du vol était le meurtre.

C'est en urinant que l'homme se blessa aux yeux...

Jusqu'au bout, l'homme répondit aimablement à toutes nos questions par un grand silence.

L'accident qui avait provoqué sa mort était bien un accident mortel.

Nous avons été obligés de constater le décès avant que le mort nous décrive son agresseur.

Le marteau utilisé était en bois sauf qu'il était en fer.

Le grave préjudice subi par le conducteur avait été estimé à 0 franc.

Âgé de 92 ans, l'homme avait encore l'air d'un jeune adolescent...

Sans se démonter, l'homme démonta l'arme devant nous.

Force a été de constater que le concubin de la femme était bien son mari...

Toutes les entrées de la femme étant verrouillées, les deux cambrioleurs la pénétrèrent par le toit.

Comme d'habitude, le chien avait sauté sa maîtresse avant de divaguer.

Le SDF fut incapable de nous donner une adresse valable.

La gendarmerie étant fermée le dimanche, le meurtrier dut attendre le lundi pour venir tout avouer.

Il habitait en chair et en os à son domicile.

Il s'était servi du cric de sa voiture pour lui donner gentiment plusieurs coups à la tête.

Le forcené épaula son fusil de chasse et tua les pneus de la voiture à coups de chevrotine.

Le mur avançait à grands pas vers le véhicule...

La gendarmerie n'étant pas un hôpital psychiatrique, nous avons dû renvoyer le malade chez lui.

Le susnommé refusa catégoriquement de nous dire son nom.

Le manouche habitait une caravane tirée par sa femme...

Les deux trous de balle étaient parfaitement groupés ensemble...

N'ayant pas pu abuser de la jeune femme, il la viola sauvagement.

Son crâne défoncé parlait pour elle...

Les recherches ont permis de retrouver rapidement les 5 cadavres des 2 disparus.

Soudain, la voiture recula pour mieux avancer...

Sa tête étant fêlée, son sang coulait sur lui en vagues gigantesques...

Le mari semblait plus honnête de 50 % que sa femme...

La pauvre femme fut hospitalisée après avoir reçu les injures nécessaires.

Raide mort, nous l'avons quand même eu vivant...

Il avait le tort de ne pas être de nationalité française.

Personne n'ayant donné les ordres nécessaires, il n'était pas difficile d'y obéir.

L'homme n'avait rien voulu nous avouer, si ce n'est deux ou trois petits crimes sans importance.

Dégagé à coups de pioche de son cercueil de béton, le squelette ne dit rien aux enquêteurs.

Le cambrioleur portait sur son visage sournois les traces de sa culpabilité.

Le pendu est mort noyé.

Sa soûlographie ne l'empêchait pas d'aligner des explications qui sentaient le vin.

La femme essayait de cacher son identité derrière ses larmes...

Amoureux éconduit, M. Viande s'est enfoncé un poignard dans la chair.

L'homme s'était dénoncé lui-même en criant son innocence.

Sous couvert d'anonymat, tous ses crimes étaient signés.

L'homme refusa de signer le procès-verbal sous prétexte qu'il était gaucher.

Les deux voyous avaient des airs d'étrangers, c'est-à-dire de coupables.

L'infraction fut constatée par la brigade deux jours avant qu'elle ait lieu.

Le coupable proclamait son innocence comme tous les menteurs du monde.

Elle prétendait être encore vierge mais son casier judiciaire disait le contraire puisqu'elle se prostituait.

Chapitre 4

L'A.N.P.E, les Assedic et le ministère de l'Emploi

Trop âgé pour accepter encore des travaux de force, il se fit déménageur.

La semaine de 35 heures permettra donc d'avoir des journées de repos de 29 heures.

Un chèque en espèces vous sera remis à la fin du mois.

Vos indemnités de déplacement sont comprises dans les heures supplémentaires qui ne vous seront pas payées.

Les nouveaux horaires d'ouverture de notre antenne ANPE doivent rester strictement confidentiels.

Totalement inactif, il a travaillé dès l'âge de 14 ans et jusqu'à sa mort.

Travailleur à temps partiel, il était néanmoins alcoolique à temps complet.

Vous pouvez retirer cette somme en espèces dans n'importe quel bureau de poste, malheureusement cela n'est pas possible.

Radié de nos listes au 31 janvier, il y fit un retour en force dès le 1er février...

Votre dossier a dû s'égarer durant le voyage dans les ordinateurs de notre service.

La mort de votre mari ne constitue pas une raison suffisante pour le rayer de nos listes.

Les deux postes salariés que vous occupez actuellement ne plaident pas en faveur de votre inscription sur les listes de l'ANPE.

Le tiers de mi-temps sera donc payé le quart de son entier.

Le retard dans le paiement des allocations chômage est dû à des travaux de peinture.

L'usine avait fermé ses portes devant l'afflux des commandes.

La connaissance de la dactylo est indispensable pour ces deux postes de soudeur-fraiseur.

Pour trouver du travail, les chômeurs s'étaient mis en grève...

Ce salarié étant en recherche d'emploi depuis bientôt 50 ans, nous allons cesser de le prendre en charge.

Il s'était installé à vie dans le chômage de longue durée...

Comédienne de son état, elle était prête à accepter n'importe quel autre travail pourvu que ce soit comme comédienne.

Précisons que son licenciement avait pour origine la lettre de licenciement qu'il avait reçue.

À travail égal, son salaire était égal à ceux qui gagnaient moins...

La fabrique de bateaux avait coulé...

L'imprimerie lui ayant fait mauvaise impression, il refusa le poste.

La courbe des demandes est en baisse de + 23 %.

Administrativement, l'homme n'existait que sur le papier.

Cadre supérieur dans une grande entreprise d'informatique, l'homme vivait du R.M.I...

À pourvoir : poste de secrétaire vacant depuis sa suppression définitive.

L'emploi dans la région s'était brusquement effondré à cause de la reprise.

L'entreprise ayant brûlé, les tentatives de réinsertion firent long feu.

Vos droits à venir vont aller en mourant doucement...

Les indemnités qui vous sont dues sont égales au montant des indemnités que vous devez percevoir.

L'agent de maîtrise ne maîtrisait plus rien...

Le préavis ayant été effectué, il lui restait à effectuer son préavis.

La réalité de son travail consistait généralement à ne rien faire...

Les statistiques sont formelles : sans chiffres exacts, le résultat est souvent faux.

L'informatique ne tombe malheureusement jamais en panne les jours de grève...

Cette employée ne commença à travailler vraiment que le jour de son licenciement.

Cette liste d'attente est réservée à tous ceux qui attendent.

Les petites annonces devraient bientôt grandir...

Votre sexe n'était pas clairement visible sur le formulaire.

Veuve depuis peu, elle s'était inscrite à l'ANPE pour trouver un mari...

Les problèmes commencèrent dès son inscription à l'agence où elle passait la journée à nous harceler de ses curriculum vitae divers.

L'homme refusait de se mettre en retraite de l'ANPE...

Il est surprenant que vous n'ayez pas reçu ce virement puisque vous l'avez encaissé...

Le plan gouvernemental mis en application dès sa publication ne fut jamais appliqué.

Petit commerçant, il vivait aussi de petits trafics.

Les Assedic ont baissé le montant de l'allocation chômage de Jean-Pierre L... parce qu'il « travaillait » bénévolement aux Restos du cœur.

Après dix ans de période d'essai, il fut remercié...

Les prévisions les plus optimistes laissent entrevoir une reprise dans les dix ans à venir.

D'origine corse, il s'obstinait à refuser tous les postes que nous lui proposions...

Sa réinsertion était problématique depuis son décès...

Votre attestation ne nous étant pas parvenue dans les délais, nous sommes au regret de vous annoncer que nos services ont donné une réponse favorable à votre dossier.

Le problème du chômage reste essentiellement dû à un vrai manque de travail.

À la rubrique « OUI », merci de bien vouloir répondre « NON ».

Si cette situation ne cesse pas, elle risque de continuer.

Les jours de fermeture, ce service est naturellement ouvert sans interruption.

Vers une augmentation de l'invalidité à 100 % ?

Nous avons été prévenus de cette grève deux mois avant, c'est-à-dire à la dernière minute.

Joindre un certificat sur l'honneur si vous n'en avez pas.

Nous n'avons aucun pouvoir et il ne faut pas en abuser...

Cet employé a pris un mois de congé de sept semaines.

Si les chômeurs arrêtaient de travailler, l'emploi s'en porterait mieux.

Il a eu la chance de mourir précisément le jour où il devait prendre sa retraite.

Les jours fériés sont des jours de travail comme les autres sauf que personne ne travaille.

La semaine de 35 heures de repos n'est pas négociable.

La question est donc posée : faut-il trouver du travail pour en avoir ?

Ces statistiques sont rigoureusement exactes, même s'il est permis d'en douter.

Si le ministère de l'Emploi n'était pas dirigé par des femmes, le chômage aurait baissé depuis longtemps !

Depuis que le ministère du Travail s'appelle ministère de l'Emploi, les gens préfèrent chercher un emploi plutôt qu'un travail.

Cette réforme mérite bien son nom puisqu'elle ne change rien.

Attention à ce que le R.M.I. ne permette pas à ceux qui le touchent de vivre décemment…

Cet employé avait fini par trouver un véritable emploi fictif…

Tout travail mérite salaire et vice-versa.

Comme chaque année, nous avons égaré votre dossier…

Son décès l'a obligé à revoir son projet à la baisse.

Les inactifs n'ont jamais tant travaillé qu'en ce moment.

Le rôle des entreprises privées est de créer le maximum d'emplois publics.

Le texte de loi étant incompréhensible, la réforme fut abandonnée.

La question est de savoir si un proxénète emprisonné peut être considéré comme un demandeur d'emploi ?

Quand chaque travail aura trouvé un emploi, le problème sera résolu.

L'homme nous inondait de lettres réclamant la privatisation du ministère de l'Emploi.

La suggestion de publier des photos de chômeurs dans le Journal officiel n'a pas été retenue.

L'homme avait fait fortune en s'inscrivant dans des milliers de bureaux des Assedic.

CHAPITRE 5

Trésor public, impôts et percepteurs

Personne n'ayant couvert votre femme pendant les cinq dernières années, vos enfants ne peuvent apparaître...

Votre nom de famille doit obligatoirement commencer par les 2 chiffres du département.

Votre lettre étant illisible, nous avons cependant procédé aux modifications que vous nous réclamez dans ce courrier...

À compter du 1er septembre, les guichets seront ouverts avant la fermeture.

Le contrôle aura lieu soit chez vous soit à votre domicile.

Nous préciser si le sexe de votre conjoint est aussi de nationalité française.

Aucune erreur ne s'est glissée dans ce décompte, à l'exception du montant total qui n'est pas de 813 F mais de 227 560 F.

La location de scooters des mers (voir votre facture) ne rentre pas dans la rubrique « biens immobiliers ».

Les animaux domestiques ne sont pas des enfants à charge...

Sauf erreur de notre part, une erreur s'est glissée dans notre courrier du 22 mars dernier...

Votre dossier indiquant 57 enfants à charge, merci de rétablir la virgule...

Il refusait de déclarer sa femme de ménage sous prétexte qu'il l'avait épousée...

Au paragraphe *b* de l'article 11, merci de lire : « Joindre l'ensemble des factures » au lieu de : « Joindre la totalité des factures ».

Les bureaux de Recette sont ouverts de 9 h à 12 h et de 14 h à 16 h, à l'exception des dimanches et jours fériés, du samedi après-midi et de l'après-midi du dernier jour ouvrable précédent le 26 de chacun des onze mois et du dernier jour ouvrable de décembre.

Vos deux enfants à charge ne rentrent pas dans l'assiette du père mais dans la vôtre.

En cas de désaccord, un accord devra être trouvé...

Nous sommes obligés de vous répondre affirmativement par la négative.

Notre but n'est pas, comme vous l'écrivez, de vous « écraser comme une merde », mais uniquement de percevoir l'exact montant de vos impôts.

Les arrêtés seront applicables à ceux qui voudront bien s'y soumettre...

Votre signature (illisible) ne semble pas correspondre à votre nom (illisible lui aussi).

Son allure était si étrange, a déclaré la victime, que je l'avais pris pour un agent des contributions.

La surface totale de votre appartement (plus de 500 m2) le classe bien dans la catégorie « Studio ».

Les frais d'inhumation d'un parent ne peuvent en aucun cas être considérés comme des œuvres charitables.

Votre date de naissance n'est pas la même que celle de votre âge.

Votre femme n'étant plus réglée, ne plus en tenir compte...

L'achat d'antiquités neuves bénéficie du même régime...

Personnes sans domicile fixe, indiquez votre adresse et votre code postal.

Les deux conjoints étant décédés d'un commun accord...

Votre lettre de réclamation a été transmise par erreur à notre service réclamation.

Joindre obligatoirement copie de votre acte de naissance et de votre sexe.

En remplissant cette nouvelle demande, merci d'être plus précis sur votre sexe exact.

La négligence commise par nos services ayant été reconnue, aucune suite ne peut être donnée à votre réclamation.

Au volet *c*, merci d'additionner la soustraction.

Pour toute modification du sexe de votre véhicule, se reporter à l'article *f*.

Pour une réponse plus rapide à vos courriers, contactez-nous par téléphone.

Vous voudrez donc bien joindre au dossier la facture de votre décès.

Les frais d'hôtel ne peuvent en aucun cas être considérés comme des frais d'hébergement.

Les éléments du train de vie servent bien à déterminer le train de vie...

On le sait, le Code général des impôts reste la bible des fraudeurs...

Pour les chômeurs, joindre les bulletins de salaire...

Joindre impérativement la photocopie de votre conjoint.

Votre profession n'étant pas référencée, merci de vous en trouver une autre.

Si le différend persiste, c'est que nous devons avoir raison...

Pour les femmes mariées, préciser le sexe du conjoint.

Thème de la réunion d'information : La division du travail, par l'inspecteur divisionnaire.

Votre bonne foi ne peut faire preuve de facture détaillée...

Six lignes téléphoniques (dont 2 fax) dans un studio de 33 m² ont fini par attirer l'attention sur lui...

Notre réponse affirmative est donc non !

Outre-mer : pour Dom, voir Tom.

Si votre femme n'a pas été réglée, merci de nous la renvoyer par retour.

Les initiales R.F. signifient Trésor Public.

Si vous ajoutez 1 000 F à 3 500 F, comment pouvez-vous obtenir 4 500 F ?

On peut donc affirmer que son train de vie est bien lié à ses revenus...

Merci de joindre une photocopie de vos enfants.

Joindre impérativement un relevé d'identité bancale.

Le chômage, même non rémunéré, est une source de revenus.

Adressez-vous alors au tribunal de grande insistance...

Je vous rappelle que votre arriéré date quand même des années 50...

Cette période de trois mois peut être prolongée d'un mois, soit un total de six mois.

Si vos parents sont à charge, ce sont comme des enfants...

Somme à payer : 32 758 Francs. Pour information, l'équivalent de ce montant en euros est de : 0 euros.

Le but de cette vérification est de pratiquer une vérification...

Il s'agit d'une erreur de nos services dont vous pouvez être tenu pour responsable...

Les résidents des hôtels sont considérés comme S.D.F.

En cas de veuvage, les deux conjoints doivent signer une déclaration commune.

La mention « peut-être » n'est pas considérée comme une réponse à la question « oui ou non ».

La nationalité ne peut être différente du sexe...

Les antiquités étaient trop neuves pour être récentes...

Le percepteur sera de passage dans la commune le jour de son passage.

Nous vous rappelons que la T.V.A n'est pas un impôt, mais une taxe, ce qui est tout à fait différent.

Si les enfants déchargent encore au foyer, l'indiquer.

Si vous avez jeté ces factures, il faut les joindre quand même...

Si vous n'avez pas d'enfants, il faut faire en sorte d'en trouver...

Nous ne pouvons pas considérer comme « studette » un appartement de 230 m²...

Le tiers provisionnel représente donc 75 % de l'ensemble...

Le cours du dollar s'est effondré à la hausse.

Vous déclarez depuis trois ans d'importants revenus que vous ne touchez même pas...

Votre déclaration reste aussi floue que la source de vos revenus.

Ne pas avoir de revenus ne vous autorise pas à vous soustraire à l'impôt sur le revenu.

Vous aurez la possibilité de payer dans l'unité de votre choix : soit en francs, soit en francs.

Si vous êtes né(e) le jour de votre naissance, l'indiquer en marge.

Votre mariage a transformé votre couple en foyer fiscal...

Le contrôleur s'est aperçu que vos costumes, déclarés comme frais professionnels, était de taille toute petite, c'est-à-dire pour un enfant de 8 ans, alors que vous mesurez 1,80 m.

À zéro franc près, nous n'obtenons pas le même résultat que vous...

Votre dossier est vide de toutes pièces manquantes.

Nos relances ont pour objet de vous relancer...

Si votre nom fait plus de 19 lettres, il faut lui couper la fin.

Le décès de votre conjoint n'implique pas qu'il soit encore vivant...

Ce qui est en plus n'est pas en moins...

À la rubrique « oui », pourquoi avez-vous répondu « non » ?

L'arrêt de travail est assimilable à une cessation d'activité.

Vous pouvez payer en plusieurs fois à condition de tout régler d'un coup.

Votre véhicule d'occasion est neuf...

La profession de manutentionnaire que vous exercez n'est pas considérée comme un métier.

Veuillez préciser si le sexe de votre conjoint a changé...

Nous n'agissons pas, comme vous le dites, « à la tête du client », ni en fonction de la race de son sexe.

L'article 15 (définitivement supprimé) est parfaitement clair...

Les guichets sont déclarés ouverts quand il y a quelqu'un derrière.

L'agent de l'administration effectuera cette vérification à condition qu'il en soit capable...

Sa comptabilité était toute vermoulue d'escroqueries...

Votre demande d'éclaircissement a tout embrouillé...

Par objets de grande valeur, on entend : bijoux, objets d'art ou de collection, meubles d'époque, vieux papiers...

Votre signature, elle, ne doit pas être tapée à la machine.

Les chiffres que vous utilisez dans votre déclaration sont incompatibles avec les mathématiques.

S'il y a litige, c'est que nous sommes bien d'accord...

Chaque année, Mme Suzanne L... reçoit de la trésorerie générale de la Seine-Maritime une lettre qui exige qu'elle aille chercher à la mairie une fiche individuelle d'état civil. Suzanne L... s'exécute et envoie la lettre avec un timbre à 2,30 F. L'enjeu ? Une pension de retraite de 2,29 F.

Les timbres fiscaux ne doivent pas servir à affranchir le courrier.

Il s'agit là d'une toute nouvelle taxe inventée par nos services...

Vos notes de frais ne peuvent servir à acheter sans arrêt des n'importe quoi n'importe comment...

La mensualité peut être payable annuellement...

Quant aux frais de restauration, votre assiette est pleine...

Vous pourrez vous acquitter de cette taxe l'année prochaine si vous êtes encore vivant...

Votre compte est débiteur d'un crédit de : 127, 00 F.

L'impôt de référence n'est pas une référence...

Dès réception de votre lettre, nous attendrons immédiatement pour y répondre.

Les frais de crémation sont-ils à considérer comme des frais d'inhumation ?

Le nombre de vos employeurs ne peut pas être supérieur à 800.

Somme à régler au plus tard le 15 février si vous n'êtes pas menstrualisé.

Faites-nous donc un peu confiance : il n'y a pas que des voleurs au Trésor public !

Ce n'est pas votre argent qui nous intéresse, ce sont vos revenus.

Plus vous faites rentrer d'argent, plus nous vous en sortons, c'est normal, ça s'appelle l'impôt.

Vous avez 2 nationalités, 9 épouses, 4 noms de familles, au moins 7 prénoms, 5 livrets de famille, 23 enfants, 4 adresses connues, 13 sources de revenus différentes et... zéro déclaration d'impôts, d'où notre étonnement...

L'homme voulut nous régler sa dette avec des lingots d'or en fer.

Le couple s'est enfoncé dans les dettes comme dans du beurre.

Le fait d'être très gravement malade ne vous autorise pas à partir sans payer.

Question impôt, le contribuable n'était pas dans son assiette.

Si vous aviez vraiment eu huit enfants, ça aurait fini par se savoir...

Cessez donc de nous envoyer des chèques en bois dont on fait les flûtes !

Le nombre de vos enfants s'élevant à 279, vous bénéficiez donc d'une part en moins.

La pension n'était pas assez alimentaire pour nourrir toute la famille.

Ce contribuable voulait attendre sa mort pour nous payer...

Vous pouvez bien nous menacer d'écrire au ministre des Finances, il aura sans doute été viré avant d'avoir eu le temps de vous répondre !

De deux choses l'une, il n'y a qu'une solution possible...

Reste à régler les douze tiers provisionnels…

Nous avons bien dû reconnaître notre erreur puisque ce contribuable avait plus d'impôts que de revenus…

L'impôt sur le revenu s'appelle ainsi parce qu'il revient tous les ans.

Ce foyer fiscal jouit d'un trop percé…

Le calcul est simple : avec votre calendrier de remboursement, il vous faudra exactement 123 ans pour éponger votre dette.

Votre taux de TVA est calculé de façon à ne pas pouvoir l'être.

Dans une longue lettre de douze pages, le plaignant résumait le problème en deux mots…

Le timbre fiscal se lèche comme tout le monde.

Sa mort ne l'a pas empêché de continuer à nous harceler avec ses réclamations.

Refuser de payer pourra être considéré comme un refus de paiement.

Ses revenus ayant fortement augmenté, il défonça le plafond.

CHAPITRE 6

S.N.C.F., R.A.T.P. et autres transports

Le kiosque de renseignements se trouve au fond du hall à gauche (partie non ouverte au public).

Une voiture-bar vous attend dans le wagon n° 4 mais n'est malheureusement pas ouverte sur cette ligne.

Les panneaux publicitaires payants sont accordés à titre gratuit.

Le train avait lamentablement raté la gare...

Tout bagage abandonné sera considéré comme abandonné.

La ponctualité faisant la fierté de la SNCF, nous vous prions de bien vouloir nous excuser pour ce retard prolongé.

Sa carte jeune était trop vieille...

Pourquoi ce rond-point a-t-il été construit en carré ?

Voyageant sans billet, la femme fut soumise au bon plaisir du contrôleur.

Le conducteur ne peut être tenu pour responsable de mauvaises conduites dans son train.

Les tarifs à la hausse sont inchangés.

Les horaires « Départs » sont affichés sur le tableau « Arrivées ».

Il est interdit de laisser les toilettes se boucher avec des enfants...

Les quais B et C étant en travaux, les trains attendus sur les voies correspondantes arriveront en cars affrétés à cet effet.

La salle d'attente de la gare est réservée aux voyageurs munis de trains en partance.

Le billet n'était même pas compoté...

Le billet de congé annuel vous permet de sortir de France par un point et d'y rentrer ensuite par un autre, ou vice versa.

Une rupture de câble électrique sur les voies nécessitera l'emploi de machines à diesel le temps nécessaire, soit moins d'une semaine, mais en tout cas pas plus d'une quinzaine.

L'accès aux voies est strictement interdit sauf aux trains.

Le trafic marchandises a donc pour mission de transporter les voyageurs à bon port.

La coupure d'électricité prévue pour une heure devrait donc durer toute la journée.

Il est rappelé que le kiosque à journaux n'est pas habilité à délivrer des titres de transport !

La SNCF précise que les festivaliers qui désirent prendre le train pour se rendre aux Eurockéennes peuvent bénéficier de 50 % sur les aller-retour de leur trajet et non d'un demi-tarif comme annoncé hier.

Le nombre de voyageurs descendus dans une gare ne peut être supérieur au nombre de voyageurs existant dans le train au départ de la gare précédente.

Les travaux barraient la route au train d'un air menaçant...

La SNCF nous montrera la voie...

Le wagon-restaurant avait été transformé en couloir-sandwich.

Le train de 8 h 37 partira dorénavant de la voie n° 4 et non plus de la voie n° 4.

Composté ou pas, son billet n'avait que la valeur de sa nullité...

Pour cause de grève, la grève est déclarée à partir de 18 h.

L'homme travaillait à la SNCF depuis sa naissance...

Descendu du train en marche, l'homme tenta de s'enfuir en dérobant un wagon...

La fermeture des portes automatiques est manuelle...

Les bagages bloquaient le couloir comme des barricades de mai 68...

Ne circulent que les trains susceptibles de circuler...

Le premier wagon était en avance sur tous les autres...

Le billet aller-retour n'est pas une garantie sauf en cas de retour...

La neige avait accompagné les grévistes pour bloquer les voies.

Annoncé à 17 h 21, le train s'avança fièrement vers 23 h.

Il s'agissait d'un vieux TGV des années 60...

La police attendait l'homme à l'arrivée du train, mais elle n'était pas là.

Réfugié dans les toilettes, le contrevenant prétendait une colique, histoire de ne pas nous faire rentrer dedans.

Le rail est moins cher que la route surtout parce qu'il est moins cher.

Les hauts-parleurs de la gare avaient été sectionnés au niveau de leur voix.

Le train décolla à 21 heures précises...

Le surclassement est réservé aux voyageurs qui n'ont pas la classe...

Arrivé à hauteur du quai, le train accéléra brutalement comme si la gare se refusait à lui...

La réduction qu'il réclamait étant totalement injustifiée, nous avons dû la lui accorder.

En cas d'arrêt du moteur, arrêtez immédiatement le moteur.

Le préavis de grève est effectif dès qu'il est officiel.

Le contrôle des titres de transport est effectué par des contrôleurs de titres de transport.

Le machiniste avait complètement oublié de prendre son train avant de quitter le dépôt.

L'horloge du grand hall indiquait des fantaisies incompatibles avec la réalité...

Privée de chauffage, la rame s'était transformée en igloo roulant...

Les wagons de 1ère classe sont désormais réservés aux fauteuils.

L'homme était monté en 1ère classe alors qu'elle n'existe plus...

Lancée par des gamins à partir d'un pont, la vache prit le train par l'avant...

L'accident étant inévitable, il put donc être évité de justesse.

L'usage de la carte Vermeil est prohibé aux mineurs.

C'est au moment de la fermeture des portes que les portes se fermèrent...

À midi pile, le train fut immobilisé en pleine nuit...

L'homme se montrait très réservé sur sa prétendue réservation...

La rame abordait la station quand le machiniste perdit le contrôle de son véhicule...

Le prochain arrêt n'avait jamais eu lieu...

Sa carte orange présentait le défaut de n'avoir pas la bonne couleur...

Le mendiant s'était déguisé en musicien mais il n'avait que sa casquette comme instrument.

Voulant s'emparer de la caisse, les trois jeunes demandèrent poliment au machiniste s'ils pouvaient.

La ligne 14, dite « Météor », a été inaugurée le 15 octobre 1998 par le président de la RATP, M. Jacques Chirac, accompagné du Président de la République, M. Jean-Paul Bailly.

La rame avait grillé la station comme un vulgaire feu rouge.

La nuit, le problème de la sécurité reste lié à celui de l'insécurité.

L'insalubrité reste un problème majeur et dans ce domaine l'employeur n'a pas les mains très propres...

Le conducteur a réussi à éviter le véhicule qui le précédait en lui rentrant violemment dedans.

La femme voulait absolument faire arrêter la voiture à un arrêt qu'elle venait d'inventer...

Par le rétroviseur, le conducteur eut le temps d'apercevoir son véhicule qui partait sans lui...

C'est un rat se promenant sur le quai qui avait été le premier à monter dans le wagon...

Lors du brusque freinage, l'emboutissage des deux voitures fut salué comme il se doit par les passagers.

L'appareil refusant obstinément de libérer le billet qu'il venait de valider, le passager s'en prit à la conductrice en la traitant de voleuse.

L'entretien de ce véhicule a lieu toutes les semaines, vers le 10 du mois.

Les syndicats acceptent bien sûr que le service public nécessite un effectif présent le dimanche, mais ne peuvent cautionner le fait que les agents n'aient pas de repos le dimanche.

L'arrêt du moteur était sans doute consécutif à la panne de carburant...

Formellement reconnu par l'équipe des contrôleurs, l'homme tenta de se prendre en otage pour leur échapper.

Sans aucun respect pour la personne âgée, il viola sa place.

Le tourniquet s'était embobiné sur lui-même en tordant la vieille femme dans tous les sens.

Le pneu avait été lacéré à l'aide d'une bombe de peinture...

Les deux bus semblaient faire la course à qui irait le moins vite...

Il passa la journée dans le bus en prétextant que la RATP était à tout le monde !

La fermeture automatique des portes était contrariée parce qu'un passager s'amusait à ouvrir la fermeture.

Ce train n'avait jamais appris à ralentir...

Le billet de l'homme était bien en règle et celui-ci fut contrôlé positif.

La mendicité est interdite, même aux mendiants.

Les machinistes-receveurs AE-AF-ARH d'échelle/grade N.09 et d'échelon 4 au 01/10/1998 avec intégration de CSG et + de 0,6 % sur accord salarial sont donc, avec 327,9, à 11533,19 avec annuité de retraite à 263,66, alors que les O.F.Q. de développement N.11 de Tertiaire/Assimilés d'échelon 4 avec CSG et 0,6 % idem, avec 327,0, restent à 11501,54, avec annuité de retraite à 269,28, ce qui pose un réel problème.

Des clochards en tous genres avaient élu domicile dans la rame comme chez eux.

Certains agents pourront, dans un élan généreux du directeur, rester le dimanche chez eux quand ils seront malades.

Des revendeurs de drogue circulaient sur le quai en vendant leur marchandise à la criée.

Des graffitis de toutes les nationalités étaient gribouillés sous les fesses des sièges.

La fréquence des passages est de 2 minutes quand elle n'est pas plus longue.

La RATP ne peut être responsable puisqu'elle est irresponsable.

L'homme s'était mis nu au milieu de la voie en attendant qu'une rame veuille bien lui passer dessus...

Le machiniste n'écouta que son courage pour ne pas intervenir...

L'homme nous présenta un billet datant des années 60 mais pas utilisé, c'est vrai...

Les conducteurs victimes d'accidents peuvent-ils bénéficier de la prime de non-accident (n°D2-03) ?

Les clochards ont envahi les quais du métro et rien ne permet de les différencier des vrais voyageurs.

Le service reprendra son service dès le début de la reprise de son activité.

L'homme a volé tout un wagon qu'il a dissimulé dans ses poches.

Tout colis abandonné sera considéré comme abandonné.

Un billet composté l'est pour toute la vie.

Le remplacement des agents absents sera effectué par des agents présents.

Ne perdons pas de vue le cas des aveugles…

L'homme s'est vu retirer 16 points sur son permis de conduire. Rappelons qu'un permis n'en comporte que 12.

Les véhicules de service doivent rester immobilisés jusqu'à leur départ.

Le service est interrompu pour cause d'interruption du service.

L'avantage du train sur le bus est qu'il n'en a pas…

Les sièges des wagons sont couverts de tags écrits à l'aide d'obscénités.

Lors du choc, la femme a eu toutes les tôles de son derrière froissées.

Malgré ses deux bras parfaitement valides, le mendiant était manchot.

Sans lunettes, ce conducteur ne voit pas plus loin que ses yeux.

Le port de la casquette d'uniforme est obligatoirement facultatif.

Ces billets ne sont valables qu'en cas de validité.

Au vu des dégâts, personne n'a trouvé ce sinistre drôle...

Pour limiter les accidents, la vitesse sera donc limitée à 0 km/h.

En gare, il est interdit de laisser des trains traverser les voies.

Tous les bus sont obligés de rentrer se coucher au dépôt.

Quand le chef de gare a soufflé dans son sifflet, la gare s'est ébranlée lentement…

Il est rappelé que la circulation à sens unique s'effectue dans les deux sens.

CHAPITRE 7

La Loi et la Justice

Il avait reçu la convocation en mains propres malgré son état de saleté...

Le tribunal écrit à une morte : « Vous pouvez bénéficier de l'aide judiciaire. »

Le tribunal de grande instance d'Angers a refusé qu'une petite fille s'appelle Babar.

Mandaté par nous, l'huissier n'a pas réussi à forcer la porte ouverte.

Le prélèvement de sang n'a pas prouvé que le meurtre avait été commis de sang-froid.

L'homme ayant dressé son sexe devant la jeune femme, contravention lui fut dressée.

Bernadette PICOL, âgée de 42 ans, s'adonne à la boisson...

Son témoignage n'avait rien apporté de nouveau, sinon des révélations fracassantes.

La cour étant dans le besoin, la séance fut suspendue...

Un jeune homme a été condamné mardi, à Épinal, dans les Vosges, à 2 000 francs d'amende pour avoir eu avec des poules des relations sexuelles ayant entraîné la mort des volailles.

Deux des tués ont été arrêtés aussitôt après leur meurtres.

Le jeune avait été surpris en flagrant délire...

Sa dernière déposition ressemblait à s'y méprendre à sa dernière déposition.

L'ambiance dans le prétoire était aussi frigide que la présidente...

L'acte d'accusation ne mentionnant nulle part les reproches qu'on lui adressait, l'homme put repartir tranquillement.

Le juge ayant admis son erreur refusa de la reconnaître...

Le verdict fut salué par des « Hourra » désespérés...

La fraude était manifeste, c'est pourquoi le tribunal le relaxa.

Patrick BORDELL, 26 ans, sans profession, inculpé de proxénétisme...

La robe de l'avocat cachait les parties civiles...

L'homme ne répondant aux questions que par des grognements, le tribunal fut bien obligé de constater qu'il ne parlait pas le français.

Le plaignant n'eut pas à se plaindre de la décision rendue...

Le juge d'instruction lança immédiatement un mandat télégraphique...

Convoquée à 9 h, l'accusée était arrivée vers 17 h en prétendant qu'elle avait raté son bus.

L'avocat voulait plaider la démence, mais il était évident que l'homme n'était pas plus dément que le président du tribunal lui-même.

La commission rogatoire avait été délivrée par un juge de permanence qui n'était autre que l'accusé lui-même.

Harcèlement sexuel : Bernard LECUL, 54 ans, a contre lui les témoignages de trois femmes qui travaillaient sous sa tutelle directe.

Le second mariage du marchand de vin avait été du même tonneau...

Montauban : M. SEXE condamné pour outrage à la pudeur.

L'homme vivait au jour le jour, surtout la nuit...

À propos d'une affaire de pédophilie, on cite l'inspecteur Grégory ANTIPINE...

Vexé par les remontrances du juge, l'accusé ne prit plus la parole que pour se taire.

Le tribunal correctionnel a eu à connaître une affaire d'outrage public à la pudeur reproché à une femme de 48 ans, Olga CUDASSIER.

Pendant l'interrogatoire, l'homme n'a pas cessé de rire à voix basse.

Le jeune homme n'était en réalité qu'un délinquant primeur...

L'homme a prétendu avoir le droit d'être dans une situation de non-droit...

Une peine de trois ans de prison avec sursis dont cinq fermes fut prononcée par le tribunal.

Plutôt que de se laver de cette accusation, l'homme préféra nier toute accusation.

Son titre de séjour, malgré qu'il soit en règle, ne semblait pas être en règle...

L'audience d'hier a été consacrée à des délits sans importance : abandon de famille, blessures involontaires, escroqueries, infractions à la coordination des transports, défauts de visite sanitaire, outrages à agents, vols, racolage, etc.

Malgré les menottes, le prisonnier s'est enfui libre comme l'air.

Son casier est vierge au même titre que sa femme...

À l'audience, il prétend toujours qu'il est normal, ce qui n'est pas le cas du substitut.

Étant complètement sourd, l'homme n'avait rien pu voir...

Pendant ses explications, le suspect n'avait cessé de se mordre la queue...

L'accusé fut reconnu coupable et condamné à une peine à perpétuité de 10 ans.

Le jury se retira donc pour délibérationner...

L'homme n'accepta de parler qu'en présence de son avocat devant qui il resta bouche cousue.

Sous la robe de l'avocat battait un cœur sans vie.

« Nous sommes en République ! », lance-t-il à un agent : deux mois de prison avec sursis.

Quand il épousa sa première épouse, il en était déjà à son troisième mariage…

Loin de nous l'idée de déclarer coupables ceux qui le sont pourtant malgré leurs protestations…

L'accusé essaya de faire vibrer la corne sensible du tribunal...

La cour ne condamna pas trop lourdement l'accusé, celui-ci l'ayant déjà été par la médecine.

L'accès au tribunal est interdit aux animaux et à toute personne du même sexe.

Accompagnées de leur avocat, les deux femmes se levèrent comme un seul homme à l'énoncé de la sentence.

Caché sur un banc au fond du tribunal, l'homme se leva pour injurier la Cour sans un mot.

L'homme tira plusieurs coups dans le corps de sa femme en prétendant qu'il ne l'avait pas mise enceinte.

La ficelle était trop grosse pour émouvoir le tribunal et celui-ci démêla vite le nœud de l'affaire.

Si l'accusé n'avait pas voulu tuer, il est évident qu'il s'en serait aperçu avant son meurtre.

Le tribunal correctionnel a rendu son verdict tard dans la nuit, vers 12 h 30...

Bien qu'aveugle, l'homme fit semblant de faire la sourde oreille...

L'homme a tenté d'étouffer cette affaire qui faisait grand bruit en achetant notre silence...

Après avoir été libéré des menottes dans le bureau du juge, le prévenu a tenté de sauter la greffière et son bureau afin de pouvoir s'enfuir.

À force d'aller au fond des choses, le juge réussit à enculer l'accusé qui ne pouvait plus reculer.

La femme avait travesti son sexe en utilisant celui d'un homme du même nom...

L'homme est mort dans le but évident de retarder la procédure engagée contre lui.

L'homme avait visé la tête de son voisin, lui brisant gravement le genou droit.

La femme fut reconnue coupable d'adultère pour être montée en bicyclette dans la voiture de son amant...

Réponse a été faite au prévenu que si la loi lui paraissait mauvaise, il n'avait qu'à la changer.

Les deux avocats en vinrent aux mains à coups de paroles définitives...

La femme prétendait ne parler qu'en espagnol mais répondait par oui et par non à nos questions.

L'homme n'a pas pu se présenter devant le juge à cause d'une maladie dont il nous a envoyé la photocopie.

L'accusée voulait plaider la folie, ce qui était impossible puisqu'elle avait été relâchée de l'hôpital psychiatrique la veille du crime.

Après un court délibéré, le tribunal s'est condamné à 2 mois de prison ferme.

Devant le tribunal, présidé par M. SOULARD, le prévenu a reconnu qu'il avait bu « un certain nombre de bières »...

Le juge d'instruction semblait n'être pas très instruit de l'affaire...

Le président du tribunal voulut mettre son affaire dans celle de la femme...

Les choses n'avaient pas pu se passer comme le prétendait le prévenu puisqu'elles s'étaient passées autrement...

Dès sa libération, le prisonnier avait été écroué sur le champ...

Acceptant ses excuses, il ne lui trouva aucune excuse !

Aveugle, il ne parvint pas à prononcer un seul mot à la barre...

Une vache saute sur le capot d'une voiture et retombe sur un vélo. Un constat des dégâts a été dressé par maître LEVAUX, huissier.

La prison n'étant pas la meilleure solution, il fut condamné à 8 ans de réclusion.

Attendu que la poule est un animal anodin et stupide au point que personne n'est parvenu à la dresser ..., attendu que son voisinage comporte beaucoup de silence, quelques tendres gloussements qui vont du joyeux (ponte d'un oeuf) au serein (dégustation d'un ver de terre) en passant par l'affolé (vue d'un renard), attendu que ce paisible voisinage n'a jamais incommodé que ceux qui, pour d'autres motifs, nourrissent du courroux à l'égard du propriétaire de ces gallinacés, la cour ne jugera pas que le bateau importune le marin, la farine le boulanger, le violon le chef d'orchestre, et la poule un habitant du lieu-dit la Rochette, village de Sallèdes (402 âmes), dans le département du Puy-de Dôme.

Jugement de la cour d'appel de Rion (Puy-de-Dôme), cité dans Libération (11.9.1995)

Justice fut donc faite malgré le caractère inique de cette sentence.

M. BASSALER a déclaré aux policiers que son salaire ne pouvait suffire à ses besoins.

Le tribunal prit une décision immédiate reportée à plus tard.

La greffière avait omis de prévenir le président qu'elle ne savait pas écrire...

Le coupable était innocent de toute culpabilité.

Un des responsables locaux de l'insémination artificielle arrêté pour plusieurs viols.

Reconnu parfaitement valable, le testament était bien évidemment faux.

Nora POCHARD roulait sur la nationale 20 lorsqu'elle a perdu le contrôle de son véhicule. L'éthylomètre a révélé la présence de près de 3 grammes d'alcool dans le sang. La jeune femme est tenancière d'un bar à Orléans.

Le prévenu s'est présenté libre, menottes aux poignets.

M. Maurice CHAUFFARD a fait l'objet d'un arrêté de suspension de permis de conduire.

Procédure de redressement judiciaire à l'égard de Mme ALANVERT...

L'aide judiciaire lui avait été accordée malgré sa fortune...

Il fut donc condamné à deux ans de liberté avec sursis...

Condamnation par le tribunal correctionnel de Châlons-sur-Marne pour surcharge de véhicule : 900 F d'amende à Micheline OBÈSE.

Récidiviste, le jeune homme risquait de retourner en prison avant même d'en être sorti.

M. CONARD condamné à 1000 F d'amende pour avoir traité un garde-champêtre de « con ».

Il passa la journée à injurier la cour dans une langue dont personne ne comprenait un seul mot.

Son permis de séjour avait été grossièrement falsifié par un homme dont même le tribunal dut reconnaître le talent.

En voulant tirer dans les jambes du fugitif pour l'arrêter, le gendarme avait endommagé la toiture de l'église.

Devant nous, l'homme a relu sa déposition d'une oreille attentive...

Question identité, son sexe était sans garantie...

L'indulgence du tribunal n'eut d'égale que sa fermeté.

La loi fut appliquée à la lettre avec cette sentence aussi ridicule qu'injuste.

L'interrogatoire n'avait mené à rien, sauf à des aveux complets.

Trop enceinte pour venir témoigner, la jeune femme refusa de confirmer qu'elle attendait un enfant...

Accusé de vol de voiture, l'homme voulait à tout prix s'accuser de meurtre.

M. LABITTE poursuivi pour attentat à la pudeur.

Mme POING a reçu quelques coups.

Malgré nos demandes réitérées, le prévenu n'a pris la parole que pour se taire.

B. de BELLEMANIÈRE est revenu sur les lieux de ses viols.

Condamné par les médecins, il le fut en plus par les juges...

Les pièces à conviction n'étaient guère convaincantes...

L'homme décida enfin d'ouvrir un œil pour nous écouter...

Le huis-clos fut prononcé permettant à tout le monde d'assister au procès.

La femme LOUCHE, 48 ans, hôtelière, a été déférée au parquet.

Le prévenu se mordit la queue pendant toute l'audience...

Tous les jours, l'accusé effectuait un travail de nuit...

Quelle ne fut pas la surprise de la cour en voyant le couple se rentrer dedans avec des cris devant tout le monde !

Reconnu innocent, le prisonnier avait réussi à s'enfuir du tribunal.

Gardant obstinément le silence, le prévenu a tout avoué.

Le tribunal préféra le relâcher avant qu'il ne s'évade…

Condamné à une heure de prison avec sursis, l'homme vient de faire appel.

Le procureur faisait tressauter son organe avec violence devant la cour.

Au greffe de la prison, le condamné doit laisser son argent, sa ceinture, ses lacets et ses pieds.

Sa signature étant illisible, il fut facile de l'identifier.

L'homme était soupçonné d'être accusé...

Le prévenu considérait qu'un crime n'était pas tout à fait un meurtre...

La Justice est la même pour tous, et même bien davantage.

Même après le viol, cette mère de quatre enfants était toujours vierge.

L'homme est accusé du meurtre d'un cadavre qui passait à bicyclette.

Au terme d'une nuit d'interrogatoire, l'homme finit par donner le nom du vrai coupable. Malheureusement, il ne se souvenait plus du nom.

La prison, c'est le vice et le crime. La magistrature, c'est l'inverse.

Le prévenu refuse obstinément d'ouvrir la bouche pour avoir le dernier mot...

Le problème de cet innocent reste sa culpabilité...

Même la Justice est touchée par cette nouvelle mode qu'est la corruption...

CHAPITRE 8

Quelques ministères et services publics

En cas de réponse favorable, indiquez « non ».

En cas d'arrêt maladie, prière d'indiquer la date du décès.

Toute réclamation doit être adressée au service des archives.

Le plan comporte 3 sorties dont 5 entrées.

Aucun rationnement n'est envisagé, mais l'essence sera strictement rationnée.

Sans réponse de votre part avant la date de clôture, nous considérerons que vous n'avez pas répondu.

Une décision défavorable a été rendue dans ce dossier qui est donc accepté.

Service des eaux : en cas d'urgence, s'adresser à M. SÉCHERESSE.

Si vous ne connaissez pas votre sexe, indiquez « Néant ».

Les guichets devront impérativement être ouverts de l'heure d'ouverture à l'heure de fermeture.

L'augmentation ne devra pas dépasser le seuil prévu de 0 %.

Votre demande ayant déjà été rejetée à trois reprises, il est complètement inutile de continuer à nous la relancer dans les jambes tous les 36 du mois !

Les animaux pourront être mis en quarantaine pendant 90 jours.

L'étude de votre dossier semble indiquer en effet que nous l'avons bien reçu.

Nous avons dû interdire l'usage des bazookas et autres appareils ménagers dans le périmètre de l'agglomération entre 22 heures et 6 heures du matin.

La question du travail de nuit a été mise à l'ordre du jour.

Les heures supplémentaires ne seront pas réglées avant le 31 février.

Les documents égarés ne doivent pas l'être pour être valables.

La préfecture a enregistré la candidature de M. Élie Miné, cultivateur.

Votre dossier étant complet, merci de bien vouloir y joindre les pièces manquantes.

J'ai l'honneur de porter à votre connaissance les faits suivants : NÉANT.

Dès que nos services disposeront des moyens nécessaires, nous ne pourrons pas donner suite à votre requête.

Les plans du bâtiment n'ayant pas été enregistrés par le service concerné, celui-ci reste susceptible de s'écrouler.

Merci de bien vouloir nous faire parvenir sous huitaine la somme de : 0 Frs majorée des intérêts de retard, soit un total de : O Frs.

Le réseau de distribution a pu être amélioré grâce à quelques améliorations.

Il est précisé que la modification des statuts ne change strictement rien à ceux-ci.

Les heures payées ne seront pas réglées.

La réduction du temps de travail devrait avoir pour effet de l'allonger...

Une permanence devra être assurée sauf si elle ne peut pas l'être.

Le cours de la monnaie est remonté à la baisse.

Pour les médailles du travail, voir à la rubrique « Obsèques ».

Les anciens combattants âgés de moins de 18 ans ne peuvent prétendre à cette prime.

À compter de ce jour, veuillez adresser votre courrier à notre nouvelle adresse au siège de l'ancienne adresse.

Le public n'est pas autorisé à pénétrer dans les salles ouvertes au public.

La population est estimée à 21 000 habitants, dont 360 000 femmes.

Les jours fériés seront payés, sauf s'il s'agit de dimanches ou de jours fériés.

La pause-déjeuner pourra être prise dès 9 h du matin.

Désespéré par notre refus, l'homme s'est jeté dans la corbeille à papiers.

La privatisation de ces services n'est pas à l'ordre du jour et est fixée au début de l'année.

Il est donc prévu, à cet endroit, d'agrandir le rétrécissement.

À l'urbanisme, M. BENNE succède à M. POUBEL.

Ce prélèvement obligatoire reste néanmoins facultatif.

Séminaire de communication et d'expression orale : se faire inscrire auprès de Mme BÈGUE.

Dès que le poste sera déclaré vacant, il ne sera plus occupé...

Nos services ont décidé de ne pas donner une suite favorable à votre demande qui est donc acceptée.

M. FONCTION quittera ses fonctions dès la fin avril.

Les certificats ne sont délivrés qu'aux mineurs âgés de plus de 18 ans.

Le budget prévisionnel ne laissait rien prévoir...

M. Jean-Marie CACHOT est nommé aumônier de la maison d'arrêt de Besançon.

Les fournitures de papeterie sont à commander auprès de M. CAHIER.

La nationalité française est obligatoire pour ce poste, même si les étrangers ont le droit d'y postuler.

Malgré son arrêt définitif, le système informatique reste performant.

La négociation est reportée *sine die* le 27 mars à 9 h.

Pour les femmes, la profession doit être indiquée à la rubrique « sexe ».

Les départs en retraite doivent être annoncés dès la naissance.

Le trop-perçu n'aura donc pas à être perçu...

Cet accident du travail a eu lieu pendant son sommeil.

Le bilan de l'année 1998 a pu être remis à la direction régionale dès les premiers mois de 1997.

Merci de mettre une croix sur votre sexe.

L'entrée du service des cartes grises est transférée à l'entrée.

Le permis de construire pourra sans problème être transformé en permis de démolir.

L'augmentation de la baisse laisse présager quelques difficultés...

La décision de fermer le site doit être prise de toute urgence dans les six mois à venir.

La participation à ce séminaire est strictement réservée aux participants.

Georges LACABANNE, ancien directeur de l'administration pénitentiaire...

Le projet est de ramener la durée des concessions perpétuelles à 25 ans.

Le professeur DUCIMETIÈRE est nommé vice-président du Haut comité de santé publique.

Les congés annuels doivent être pris au moment des vacances...

Sujet de cet article : les inactifs travaillent-ils trop ?

Un comité restreint s'est tenu en présence de tous ceux qui voulaient bien y participer.

Devront aussi se déclarer les employés de sexe non déclaré.

Les nouveaux quotas restent identiques aux anciens...

L'arrêté est annulé pour cause d'annulation.

Le taux de 27 % sera reconductible à partir de plus tard...

C'est parce que la Prévention routière est une association jeune, forte, dynamique, que nous pourrons atteindre dans les années à venir le chiffre de 10 000 tués par an sur nos routes, ce qui constitue désormais notre objectif.

Le caractère provisoire de cette décision est donc désormais définitif...

Nous vous serions obligés de bien vouloir nous faire connaître quel aurait été le salaire horaire de l'intéressé s'il avait travaillé le jour de son décès.

Les anciens combattants morts pour la France sont appelés à transmettre leur dossier avant fin juin.

Interdiction de chasser la nuit, même de jour.

Cette commission a pour mission, sous l'autorité du ministre, de provoquer la création de services sociaux existants.

M. POUBEL, délégué régional de l'Environnement...

Après examen du dossier, une décision favorable a été prise à l'unanimité : 24 voix pour, 78 voix contre.

Sans réponse de votre part, nous ne pouvons pas savoir si vous nous avez écrit...

Au ministère de la Justice, les agents touchent une prime de « chaussures » de 14 francs par mois. Les employés des cimetières, quant à eux, ont droit à une prime d'entretien du petit matériel (notamment les pelles pour nettoyer les tombes).

Hors le cas de force majeure et de sauvetage, les hélicoptères doivent atterrir et décoller.

Le législateur a décidé de permettre aux ouvriers exerçant une profession pénible de s'arrêter à 60 ans. L'administration chargée de dresser la liste de ces professions n'a jamais pu y parvenir, sans doute parce qu'elle ne se sent pas directement concernée.

François B... a été plutôt surpris de recevoir un courrier l'appelant à effectuer son service militaire. En effet, il a 70 ans !

Signalons que 67 % des viandes abattues en France proviennent des femmes...

Selon le code de la nationalité, acquérir la nationalité française demande une bonne connaissance de la langue française. Or, le formulaire d'information du service des naturalisations est lui-même truffé de fautes d'orthographe !

Nos bateaux de pêche ont abandonné la mer et l'ont transformée en un véritable Sahara.

Dans ce département d'outre-mer, l'été dure six mois et l'hiver deux fois plus longtemps...

Entre 1960 et 1995, les effectifs du ministère de l'Agriculture ont presque doublé, alors que le nombre d'exploitations a été divisé par 2,5.

Comptent pour actifs les services suivants :
– Instituteurs.
– Gardiens de fauves au Muséum d'Histoire naturelle.

Nous sommes au regret de vous informer que votre dossier a été refusé pour le motif suivant : REFUS.

Le sexe du conjoint mâle doit être clairement indiqué...

Merci de bien vouloir nous préciser la couleur de votre nationalité.

Conformément aux nouvelles directives, notre hôtesse a répondu n'importe quoi.

Il est donc maintenant statistiquement prouvé que les veuves vivent plus longtemps que leurs maris...

La porte des WC étant condamnée jusqu'à la fin du mois, merci de prendre vos précautions avant d'arriver devant elle.

La France est le seul pays d'Europe où l'on mange autant de viande qu'ailleurs.

Merci de bien vouloir régler cette facture dans les trois mois et impérativement sous huit jours.

Pour aller de l'avant, nous avons donc préféré prendre un peu de recul.

La majorité des enseignants se mettra en grève demain pour réclamer énergiquement une diminution réelle de leurs salaires d'au moins 10 %.

Le service de l'enregistrement est ouvert tous les jours de 9 h à 12 h et de 14 h à 16 h, à l'exception : – de tous les dimanches et des jours fériés prévus au calendrier officiel de l'administration – de l'après-midi de chaque samedi sauf le premier samedi de chaque mois uniquement de 14 h à 15 h – du premier mardi de chaque mois de 15 h à 16 h – du dernier jour ouvrable précédant le 26 de chacun des onze premiers mois – de l'après-midi du 25 ainsi que du 31 décembre.

Si la situation dans ces régions reste très favorable, il conviendrait que cela ne dure pas trop longtemps.

Toute cette industrie de transformation ne doit donc pas être soumise à transformation...

Si vous désirez obtenir une réponse, merci de bien vouloir joindre un timbre d'un montant de : quatre vingt dix sept mille francs et vingt centimes.

Les chiffres ont définitivement atteint le sommet d'une courbe qui ne cesse de monter.

Les recettes ayant équilibré les dépenses, le budget ne pourra être voté qu'une fois parvenu à l'équilibre...

La commission insiste sur l'urgence de la réversibilité de la femme mariée sur son conjoint.

Le receveur sera absent de 13 h 30 jusqu'à son retour.

Merci de bien vouloir fermer la porte avant d'entrer.

Notons que, dans près de 67 % des cas, ce sont les femmes qui ont le bonheur d'enterrer leurs maris.

L'intérim du Trésorier-payeur sera assuré par M. TRÉSOR.

25 milliards de Français espèrent vivre bientôt en maisons individuelles.

Les agriculteurs livrant leurs vaches à un taureau non admis à effectuer la monte publique seront poursuivis comme complices.

Ce réglement ne s'applique pas aux personnes qui en ont déjà été victimes...

Dans le cas de remboursement anticipé, il sera appliqué une majoration de 10 % pour retard.

Pour connaître les raisons de ce refus, merci de contacter M. SÉNON au poste 10.17.

Les fausses pièces étant devenues monnaie courante...

En cas de départ anticipé à la retraite des deux conjoints, seul celui des deux qui aura quitté son emploi le dernier se verra remettre la prime annuelle qui équivaudra cette année à 3 minutes de salaire, jours fériés non compris.

Le service public n'a pas pour vocation de rendre service.

Nos services sont ouverts de 9 h à 17 h tous les jours de la semaine sauf le lundi, mardi, jeudi et vendredi.

Les abonnés peuvent désormais communiquer directement avec le département et l'au-delà.

Majorés de 50 %, les frais d'inscription de 100 F passent à 80 F.

Ne voyez pas dans ce « non » quelque chose de négatif...

Entre l'est et l'ouest, il y a bien sûr le sud...

L'incinérateur avait été détruit par le feu...

Note à la manutention : installation pour jeudi 9 h de la grande table rectangulaire réservée aux tables rondes...

Seuls les hommes ont le droit de décharger dans l'enceinte.

Si vous envisagez un décès dans les mois à venir, merci de le préciser.

Le Comité d'entreprise organise pour Pâques un séjour de 3 jours à Paris, avec visite des canaux en gondole.

Le taux d'intérêt s'est brutalement élevé pour grimper jusqu'à 0 %.

Le congé maternité ne pourra commencer plus de dix mois avant la naissance.

La base du bâtiment s'est effondrée, laissant le sommet intact...

En réponse à votre courrier du 15 courant, merci de bien vouloir nous adresser un courrier du 15 courant.

Les barrières de sécurité ne devront pas empêcher d'assurer la sécurité des visiteurs.

Cette femme n'a jamais eu de chance, sans doute par manque de chance.

De strictes mesures de sécurité nous obligent à relâcher notre vigilance...

Si l'on ne s'est pas rendu compte de ces inégalités plus tôt, c'est parce qu'on a attendu aujourd'hui pour s'en apercevoir.

Cette décision ayant été annulée, merci de veiller à son application scrupuleuse.

Dans ce dossier, nous avons fait l'impossible et même bien davantage...

La déduction n'est pas déductible de la déduction.

Nous nous sommes penchés sur l'emploi du temps de cette dame dont nous avons examiné tous les trous.

La cause de cette mort est évidente, puisqu'il s'agit d'un décès…

Son épouse prétend que cet administré est mort étouffé sous la paperasse que nous lui avons envoyée…

L'État n'est pas un petit cochon rose en porcelaine avec plein d'économies dedans !

Vous nous envoyez des lettres qui ne sont même pas écrites.

La moitié du double ne peut pas faire le quart !

Privatiser les fonctionnaires, c'est comme faire du vélo sans roue…

La lettre que vous nous avez envoyée par téléphone…

Respecter le public, c'est ne pas le prendre pour plus bête qu'il n'est…

Rendu nécessaire, ce changement ne modifie pourtant rien.

Ce S.D.F. habitait une luxueuse villa…

L'ordinateur ne peut pas se tromper, sauf en cas d'erreur.

Un contrôle rigoureux est effectué chaque année, mais il n'a jamais lieu.

La parité, c'est la porte ouverte à l'homosexualité féminine dans l'administration.

Désormais, le broyeur de papiers n'acceptera plus les ordures ménagères...

Ce collaborateur a été baisé en Argentine pendant cinq ans...

Je vous rappelle que le CNPF a changé de sigle et s'appelle désormais Ernest Antoine Sellières.

Ces tarifs dégressifs sont à la hausse.

Les étrangers n'ont pas accès à ce service qui est strictement réservé aux ressortissants étrangers.

À notre grand regret, le fait d'être homosexuel ne vous donne droit à aucune prime...

Ce litige s'est réglé à l'amiable avec un bon procès...

Les fauteuils roulants sont réservés aux handicapés du moteur.

Avant d'être nommé, il avait fait l'ENA par correspondance...

Ce salarié choisit exprès d'attraper les maladies qui rapportent le plus…

Le futur de cette mission est fait d'avenir.

La réponse nous est arrivée par retour du courrier six mois plus tard.

L'assuré décida d'arrêter d'être malade puisqu'il n'était plus remboursé à 100 %.

Le ministère de l'écologie n'existant pas sous ce nom, la ministre ne peut donc pas exister.

CHAPITRE 9

Nos amis les pompiers

Reste à déterminer comment est mort le noyé...

En cas de début d'asphyxie, ne pas utiliser les extincteurs pour soulager le malade.

L'institutrice, écartant les enfants, dégagea la victime, lambeau par lambeau.

Si le blessé perd son sang en abondance, garder son sang-froid.

Le lieutenant de sapeurs-pompiers s'est éteint mardi, au milieu de ses camarades du feu.

Dans ce rapport, seul le chiffre des décès semble encourageant...

Avons noté une fracture de la jambe gauche au niveau de la clavicule...

Mme ROTY a été brûlée vive, hier, dans son appartement.

À l'occasion de la fête, nous passerons la revue des pompiers l'après-midi s'il pleut le matin, et le matin s'il pleut l'après-midi.

En cas de morsure de serpents, il est inutile et même dangereux de sucer la victime...

Le suicidé était un simulateur qui avait menacé à plusieurs reprises de se suicider avant de réussir à le faire.

Lundi, vers 10 h 50, un feu de cheminée s'est déclaré chez M. Aimé LASÉCHERESSE.

Les habitants sont priés d'avertir la caserne de pompiers avant le début de l'incendie.

Les recherches furent infructueuses puisqu'elles permirent de découvrir le corps...

Nos services ne doivent jamais rester sourds à l'appel muet de la détresse...

L'enquête a démontré que l'incendie avait été allumé à l'aide d'un feu...

Heureusement, la célébrité des pompiers a évité le pire.

Les pompiers de La Rochemillay arrivèrent à Poil en un temps record.

Lorsque les cadavres sont carbonisés, le rôle des sauveteurs s'éteint.

L'exposition semblait due à une bobonne de gaz...

La maison était détruite à 100 % quand le feu reprit et brûla tout le reste.

Malgré son décès, tous les soins nécessaires lui furent donnés...

Pompier de son état, l'homme ne quittait guère son foyer.

Le cœur du mort battait à toute vitesse quand les premiers secours arrivèrent sur les lieux.

Selon l'un des témoins, c'est une voisine, Mme BOUM, qui a averti la police de la forte déflagration.

Dans le souci de ne pas déranger les gens la nuit, la sirène d'appel n'a pas été actionnée et le feu n'a pu être maîtrisé faute de volontaires...

La gravité de la blessure était telle qu'il a fallu que les pompiers découpent la voiture avant de lui donner les premiers soins.

À force de la secouer, la jeune recrue réussit enfin à faire gicler la lance de son camarade.

Le décès étant survenu à 20 h, aucune autre conséquence pénible ne fut à déplorer.

Le feu semble avoir été allumé avec un objet contondant...

La bouche d'incendie est restée muette comme une carpe...

Il criait au feu pour faire croire qu'il se noyait...

L'eau ne peut s'enflammer que quand il ne s'agit pas d'eau.

Le rouge est la couleur des pompiers parce qu'elle est moins salissante.

L'humidité serait la cause de cette sécheresse exceptionnelle.

Le pompier fut décoré pour sa bavure au four...*

* *Peut-être faut-il comprendre : « Le pompier fut décoré pour sa bravoure au feu... »*

Le gaz avait soufflé tous les soubassements de la dame...

Le masque à oxygène n'a servi à rien puisque la victime n'avait plus vraiment de poumons.

Il fut très difficile de déployer la grande échelle puisqu'elle était petite.

Notre SAMU est arrivé sans délai sur les lieux avec deux heures de retard.

Nos hommes trouvèrent la femme morte dans son lit et lui rendirent les derniers hommages.

L'extincteur était rempli d'un vide qui ne servait à rien.

Beaucoup de pompiers sont volontaires par obligation.

Le conduit de cheminée était bouché par un nid de cigognes rôties.

Entassée derrière la porte, cette matière fait cale...

Appelés pour enfumer un nid de guêpes, nos pompiers ont malheureusement mis le feu à la maison.

Le feu se propageait à grands cris...

L'eau était trop épaisse pour passer au travers de nos tuyaux...

Ces produits chimiques sont dangereux surtout quand ils ne sont pas sans danger.

Faute de sol, l'hélicoptère n'a jamais pu se poser...

L'alerte fut donnée dans le but évident d'attirer l'attention des pompiers.

La bouche d'incendie n'était malheureusement pas reliée au réseau d'alimentation en eau.

La tragique explosion de Toulouse reste un exemple à suivre...

Mal réglée, la sirène des pompiers était bien trop discrète pour se faire remarquer.

Malgré nos efforts, les pompiers ne seront jamais aussi grands que les gratte-ciel.

Bien qu'évidente, la cause de l'accident reste inexplicable.

Toute l'équipe a pompé ce pauvre homme mais il ne s'est pas redressé.

Un serpent de type boa s'était glissé dans l'intérieur de cette dame…

Les pompiers sont des pyromanes comme les autres…

Feux rouges : les brûler n'est pas un droit pour les pompiers.

Il convient qu'une source de chaleur soit quand même un peu chaude.

Il est impératif que la tête n'empêche pas le port du casque...

Avons constaté le décès à 25 h 07.

L'incendie vivait dangereusement dans son foyer...

Cette porte grande ouverte a dû être défoncée à la hâche.

CHAPITRE 10

L'armée et les militaires

Il fut transféré dans le local d'arrêt de rigueur où il coula des jours heureux...

Le lieutenant avait expliqué que, quand il n'y a qu'une seule solution, il était déconseillé de choisir la deuxième.

Le rôle des gradés est de veiller au respect de la discipline, surtout en périodes de fortes chaleurs.

Réformé n° 1 pour blessures, il était titulaire de nombreuses cicatrices.

Un ordre bien donné ne doit engager que la responsabilité de celui qui l'exécute.

L'équipe, composée des lieutenants COCAULT et RICO, s'est classée première du classement général.

Ce plan devrait permettre de remettre la marine sur ses rails...

Il présenta plusieurs objections, dont celle de conscience...

Sous un soleil de plomb, la compagnie avait dû essuyer une pluie glaciale.

Pendant toute la marche, il n'avait pas arrêté de dormir debout !

Aucun soldat n'a été forcé de participer à cette marche forcée.

Un chien avait été introduit dans la chambrée avec l'intention évidente de servir de femelle.

Les cheveux longs doivent obligatoirement être portés courts.

L'appareil a effectué 127 viols sans incidents notables...

Objet du rapport : Comment éviter les pertes inévitables.

Il s'est éteint peu de temps après avoir été au feu, lors de la guerre du Golfe.

Aucune permission ne peut être accordée sans permission.

Le colonel BEAUPIED représentait le colonel BELLŒIL.

Il s'était beaucoup battu, ne réussissant malheureusement jamais à se faire tuer.

Le général Hotton décore le chef de bataillon TUEUR de la médaille de chevalier de la Légion d'honneur.

Pour réfléchir, la tête doit servir de cerveau...

Le rôle de la hiérarchie n'est pas de susciter l'amitié mais d'inspirer le respect...

Les poubelles doivent rester propres et ne pas accueillir de détritus.

Sur cette pièce, les hommes peuvent tirer plusieurs coups sans bouger.

Visite de l'amiral MOUTON au méchoui des anciens marins.

Il est formellement interdit de tomber malade pendant les permissions de 24 ou 48 heures.

Dénigrant perpétuellement l'armée, il ne cessait d'en vanter les mérites.

Le bureau de recrutement a dû fermer faute de combattants...

Motif : « A tenu des propos irrévérencieux et infondés concernant certaines parties très intimes de son supérieur. »

Il avait choisi l'armée de métier parce que ce n'était pas un vrai métier...

Motif de cette sanction : « Doit être sanctionné ».

Au moment du lever des couleurs, le drapeau n'avait toujours pas été réveillé...

Le soldat avait fait de son mieux, c'est-à-dire n'importe comment...

L'accès au mess n'est autorisé que quand il n'est pas interdit...

Les cuisiniers ne peuvent être tenus pour responsables des intoxications alimentaires contractées en dehors des heures des repas.

À l'armée, disait-il, il n'y a que deux tailles : les trop grandes et les trop petites.

Refusant d'effectuer son service militaire, il s'était engagé volontairement...

Les armes doivent être nettoyées avec un soin légèrement humide.

L'appelé avait refusé de saluer ses supérieurs au motif qu'il avait le bras trop mou...

Le linge doit être lavé dès qu'il est sale, même s'il est encore sur le corps.

Motif de la punition : « A défilé en marchant d'un pas ironique. »

Faute d'avion disponible, il fallut avoir recours à une moto...

L'exercice de tir aux mortiers sera fait à l'arme blanche.

Le drapeau devra de préférence flotter dans le sens du vent.

Il est interdit de fumer en jouant de son instrument...

A reconnu qu'il s'était servi de son képi pour des activités que la morale réprouve...

On reproche au soldat des relations sexuelles hors nature pratiquées sur un véhicule du régiment.

Pour distinguer la gauche de la droite, il suffit de regarder sa main droite.

La hiérarchie a conscience que ce type de bavure est nuisible à l'image de l'armée et demande donc à ses officiers de se montrer discret quand ils y ont recours.

À la Marine, le recrutement prend l'eau…

Le moral des troupes est excellent, pour ne pas dire morose…

Si l'ennemi est derrière, il est inutile d'attendre sa venue par devant.

Thème du débat : La guerre, nouvelle mission pacifique de nos armées.

Le rôle du Centre de prospective est d'étudier le passé…

La Grande Muette se doit de parler haut et fort…

L'armée de l'air est fière de garder les pieds sur terre !

La principale mission de l'ECRS (Établissement Central de Ravitaillement Sanitaire) est d'être un établissement central de ravitaillement sanitaire.

Pour votre S.S., voir le S.S. *

** Précisions, pour écarter toute ambiguïté, que cette note succinte devait se traduire ainsi : « Pour votre Sécurité sociale, voir le Service de santé. »*

La position dite « du tireur couché » pourra aussi se pratiquer debout...

Notre Cercle
ne tourne plus
très rond...

CHAPITRE 11

Santé, hôpitaux, médecins et infirmières

Devant la violence des coups, ses lunettes lui étaient rentrées dans le derrière.

À l'écographie, on ne distinguait rien, sinon vaguement la trace d'un enfant.

Le rapport sévère du médecin posait clairement la question : avait-elle été soignée à l'acupuncture ou au marteau-piqueur ?

La maman avait accouché de deux jumeaux qui n'étaient pas du même père.

Il apparut vite que la boisson était la raison de son alcoolisme et non le contraire.

Le blessé n'était plus qu'une immonde bouillie sans queue ni tête...

Pour uriner, il était obligé d'avoir recours aux personnes qui voulaient bien se servir de son sexe.

La langue avait été sectionnée au ras des testicules...

Bercé par la sirène de l'ambulance, il s'était endormi...

Le patient avait été efficacement soigné par des guérisseurs qui l'avaient tué.

La plante des pieds était couverte de verrues grosses comme des ballons de football.

Le chirurgien a été obligé de limer la femme jusqu'à sa disparition...

Le rein était bloqué par des calculs que personne ne savait résoudre...

Le médecin ayant oublié de brancher le respirateur, le malade crut bon de décéder.

La jeune femme s'était déjà fait engrosser plusieurs fois par des médecins de passage...

Lors de la prise de température, le thermomètre disparut définitivement dans l'anus...

Rendu fou furieux par l'abus de somnifères, il ne ferma pas l'œil de la nuit.

Le vagin de la jeune fille n'avait plus forme humaine...

Ses dents tombaient comme des confettis...

La cloison nasale avait été violemment frappée à coups de coton-tige.

Le doigt coupé par la tronçonneuse avait été égaré parmi la viande du congélateur.

Les radios ne révélant absolument rien, il fallut ouvrir pour bien voir.

De crises de nerfs en coma profond, l'homme avait des hauts et des bas.

Il fallut attendre sa mort pour constater le décès.

Sa tentative de suicide ayant raté, elle en était morte.

L'usage de la morphine étant strictement réglementé, ses souffrances furent très pénibles pour lui et sa famille.

Le cardiologue n'avait plus l'habitude de procéder à des accouchements...

Les services de la morgue étant fermés la nuit, il attendit le matin pour décéder.

Pour juguler la diarrhée, il fallut même y mettre les mains...

Envoyé en maison de repos, le malade réussit à revenir à l'hôpital par la fenêtre.

L'homme s'était transpercé la main de part en part avec un concombre...

La femme mourut sans même attendre le résultat des examens sanguins.

L'absorption des médicaments était rendue très difficile par le fait que tous ses trous étaient bouchés par des pansements.

On la descendit vite pour une descente de matrice...

Un banal hoquet s'était transformé en vaginite...

Au diagnostic, il était impossible de faire la différence entre une appendicite et une inflammation des testicules.

Les antibiotiques eurent pour effet de ne pas en avoir...

La température élevée (39°9) laissait deviner une petite fièvre.

L'anesthésie eut des effets inattendus puisque l'opéré s'était réveillé en pleine forme au beau milieu de son opération...

C'est en laissant tomber le malade par terre lors de son transfert qu'il a été décidé de le conduire à la morgue.

L'arcade sourcilière était grande ouverte et découvrait en détail tout l'intérieur du crâne.

Hépatite virale ou pas, il fallut appeler la sécurité pour mettre la femme à la porte de l'hôpital.

La tétine du biberon n'était pas conforme à la forme du sein.

Elle se plaignait depuis longtemps de migraines au ventre...

La femme s'était enflammée la luxure...

Il fallait lui changer les draps presque toutes les minutes...

Attaché à son lit, ce malade allait importuner les malades des autres chambres.

La gorge était rouge clair comme du blanc...

L'homme avait fumé toute sa vie même quand il avait arrêté.

Un morceau d'intestin de plus d'un mètre lui a été retiré par la bouche.

Anorexique depuis l'enfance, la jeune fille souffrait d'obésité.

L'ambulance qui emmenait le blessé a renversé deux piétons avec sa sirène.

Son mari refusait de lui donner à manger au lit en disant qu'elle crève !

Il croyait avoir un cancer, mais il était loin du compte...

Un os était resté coincé tout au fond de son nez...

L'homme était en traitement pour une cirrhose du cœur...

Le port de la blouse est obligatoire, même en cas de décès.

Le cancer généralisé diagnostiqué par le médecin traitant n'était en fait qu'un rhume bénin.

Depuis des années, l'homme se contentait de vivre dans sa luxure.

Les examens de sang se sont révélés parfaitement normaux, sauf en ce qui concerne le sida.

Ses varices menaçant dangereusement sa santé, elle mourut d'une embolie pulmonaire.

L'hôpital ne peut être tenu pour responsable des morts qu'il organise...

Il n'arrivait pas à pisser sans uriner...

L'infirmière de garde n'étant pas de garde ce jour-là, il fallut faire appel à l'infirmière de garde.

Ses règles mensuelles avaient lieu une seule fois par an.

Étant déjà miope, voilà qu'elle devient maintenant pressebite...

Elle ne sortit du coma que pour avoir le temps de se voir mourir.

Visible à l'œil nu, l'hémorragie interne était absolument invisible.

Son pied avait tellement enflé qu'il ne pouvait plus retourner la tête de droite à gauche.

L'obésité avait gagné les dents de devant...

La prothèse du bras s'est détachée et lui a cassé le pied en tombant.

La seringue s'était malheureusement cassée avant d'être avalée par le malade.

Deux points de suture dans l'œil n'avait pas amélioré son état.

Bizarrement, la douleur survient quand le malade a mal...

Allongé sur le billard, le patient expliquait l'opération au chirurgien qui allait l'opérer.

La femme n'arrivait à marcher qu'en position allongée...

Le ventre était si gonflé qu'il fallut faire appel au médecin de l'unité psychiatrique.

Le kinésithérapeute n'arrivant pas à lui faire faire les exercices, il fallut donc le clouer solidement sur son lit.

Suite à un accident de voiture, l'homme était handicapé moteur.

Le brûlé s'est éteint tranquillement vers 23 heures.

Le personnel de nettoyage n'avait pas épargné le malade qui baignait dans l'eau de Javel.

En une nuit, la tête du patient avait gonflé du genou gauche jusqu'au talon.

Sur la jambe droite, on notera une plaie au pied gauche.

La vasectomie avait eu pour résultat de le mettre au chômage.

Les horaires des infirmières ont été modifiés de façon à ce qu'elles ne soient pas en service pendant leurs jours de repos.

Il lui manquait deux doigts aux genoux...

L'écoulement sanguin est devenu si important que l'infirmière des urgences a dû éponger le malade elle-même.

Les hémorroïdes avaient rapidement gagné la tête...

À peine sorti de la salle d'opération où le chirurgien venait d'effectuer un triple pontage coronarien, l'homme avait fumé sa première cigarette.

Ses doigts présentent des signes évidents de dérèglement mental.

Les dents avaient décidé de quitter la gencive...

Il était brûlé au deuxième degré malgré le froid...

... sans oublier un traumatisme aux trois genoux.

À son arrivée aux urgences, ses testicules avaient fondu...

L'électrocardiogramme était normal comme chez tous les cardiaques.

Âgée de 82 ans et complètement aveugle, elle ne pouvait même plus écouter la radio.

Il mourut paisiblement dans des douleurs atroces.

Un glaire passa de son visage à ses mains...

L'autopsie fut pratiquée de son vivant...

Les croûtes ont été conservées pour un usage ultérieur.

L'infirmière s'était endormie dans le lit du malade...

Sa gorge était bouchée par ses poumons...

La perte totale des cheveux n'implique pas la calvitie.

Sous l'effet du choc, son derrière s'était mis devant !

La préparation à l'accouchement sans douleur aura lieu en salle 12 (couloir direction la morgue).

Dès son admission aux urgences, le malade quitta l'hôpital.

L'homme s'amusait avec son organe sans savoir qu'il était contaminé.

L'anesthésiste s'était endormi dans son bureau et personne n'a réussi à le réveiller.

Traumatisme sans réelle gravité puisque le malade n'est mort que le lendemain...

Le malade était mort dans la nuit dans le but évident de ne pas se réveiller.

Ménopausée dès la puberté, la jeune femme n'avait jamais eu de règles.

C'est en sortant de l'hôpital après sa guérison qu'il se fractura les deux jambes en glissant sur la neige.

Le rappel anti-tétanos n'est pas obligatoire en cas de décès.

Un coton-tige était resté coincé dans le lobe de sa jambe gauche.

Son mari l'avait empoisonnée toute sa vie jusqu'à réussir à l'empoisonner.

Le malade s'étant plaint de la qualité de la nourriture, il fut mis à la diète.

Unijambiste de naissance, son bras était coupé à la hauteur du coude.

Dans ce cas précis, l'ophtalmo s'est mis le doigt dans l'œil...

Le malade étant aujourd'hui parfaitement remis, il faudra procéder à son amputation.

Une bonne nuit blanche lui avait permis de retrouver des forces.

La femme s'était fait enfiler le col de l'utérus par surprise...

Les boîtes de suppositoires doivent être vidées avant d'être administrées aux malades.

Les anti-coagulants avaient tout coagulé...

Une fois débarrassé de son poumon, l'homme put respirer un peu...

Son état de santé très précaire l'empêchait d'être malade...

La perfusion lui traversa la veine comme une fusée...

Son foie semblait réduit à de la bouillie pour chats...

Les visites aux malades ne sont autorisées qu'en dehors des heures de maladie.

L'aiguille s'étant décrochée du bras, le sérum physiologique avait commencé à remplir la chambre.

Trop affaibli, le patient n'avait même pas la force d'avaler les vitamines prescrites.

La douleur devint si violente que le malade put quitter l'hôpital immédiatement.

Le médecin de garde avait bien tenté de le réanimer, mais sans aucune conviction, ce qui entraîna la mort.

On aurait dit que les ligaments du genou l'empêchaient de parler...

Sa surdité empêchait de lire et d'écrire...

Le médecin procéda à un massage cardiaque rendu très périlleux par l'énorme volume des seins de la femme.

L'homme était aussi blanc que son sang.

Être sourd ne le dispensait pas d'être aveugle.

Les suppositoires doivent être enfoncés dans le sens de la largeur.

Ses violents maux de tête rendaient l'amputation inévitable.

La femme avait mis son sexe dans de la glace en espérant se le faire recoudre.

Le patient a quitté l'hôpital sans autorisation, les intestins à la main.

Ses yeux ne sont plus visibles à l'œil nu.

L'enfant avait une mâchoire plantée dans l'œil droit.

Ayant pris beaucoup trop de calmants, la malade était excitée comme une puce.

La plaie de la joue laisse nettement apparaître le tibia.

Ses testicules se sont mises à enfler comme des ballons de tennis.

Comme vous le constaterez sur les radios, le malade n'a plus d'os.

Sa mort l'a définitivement guérie.

Étant aveugle, il ne pouvait souffrir de ses multiples fractures aux jambes.

Pour les antibiotiques, ne jamais injecter les boîtes.

Heureusement que les sourds peuvent parler en braille !

Les examens sanguinaires n'ont rien révélé d'anormal.

Dès sa naissance, la ménopause l'avait frappée.

L'enfant s'était fait une entorse aux dents…

Ses deux cerveaux ont été touchés lors de l'accident.

La jeune fille était bourrée de coton-tiges de l'oreille jusqu'au cerveau.

Notons que la grande souffrance de ce malade lui occasionne de légères douleurs.

Sa jambe droite est plus courte que l'autre d'au moins deux mètres.

Depuis vingt ans, le sida remplace avantageusement le cancer.

Il apparaît à l'examen que sa langue est polyglotte.

L'homme fut admis à l'hôpital dans le service des grands traumatisés du sexe.

L'homme était ménopausé depuis 50 ans.

La distribution de somnifères est interdite la nuit.

Pour faire pipi, il suffit parfois d'uriner…

Rapport à ses varices, la mère est obligée de porter des bas résille.

Il n'a pas de veine avec ses prises de sang…

Le malade sombra dans le coma et y resta au moins dix secondes.

Sans argent, elle désirait brûler elle-même son mari mort pour éviter les frais de crémation.

Le choc lui a percé les boyaux de son foie.

Son anus artificiel empêche tout dialogue...

L'homme était chauve de partout, sauf de la tête.

L'unijambiste avait perdu la main...

Il ne peut pas courir à cause de la longueur de ses bras.

Son genou droit souffrait en silence...

CHAPITRE 12

Électricité et Gaz de France

Le kilowatt de gaz n'est pas une unité utilisée par nos services...

Albert DUCOURANT, chef de bureau à l'EDF...

Le courant sortait des câbles pour se promener librement dans les murs...

Il semblait que le compteur avait été sérieusement violé !

Quand il appuya sur le disjoncteur, il eut droit gratuitement à un véritable feu d'artifice.

L'abonnement EDF de 27,32 F est dû, même si vous n'avez pas l'électricité.

Il n'y a pas d'erreur car votre consommation mensuelle est égale à elle-même.

Une crevure avait endommagé le tuyau...

La coupure pour les usagers sera de courte durée : de 8 à 9 mois.

Ces éclaircissements apportent une lumière nouvelle sur les problèmes d'EDF...

Il avait branché par erreur sa ligne téléphonique sur le 220, ce qui lui fut fatal...

Le prix du mètre carré de gaz sera fixé par décret.

Les travaux de réfection du réseau ont pour but de rendre impossible toute fourniture aux usagers.

Des coupures de courant auront lieu sur le réseau alimentant en énergie électrique le chemin des Petites-Pannes.

Le va-et-vient était à sens unique...

Tous les personnels absents ont répondu présent à cet appel d'urgence.

Le service ne sera interrompu que s'il ne peut pas continuer...

Un abonné toulousain vient de recevoir une facture EDF-GDF de zéro franc. L'homme est sommé de payer son dû dans les huit jours. S'il ne rembourse pas sa dette, la compagnie va « opérer le recouvrement par toutes voies de droit ».

Bizarrement, le court-circuit avait coupé le circuit...

Nos appareils sont tous brevetés SGDG, c'est-à-dire qu'ils sont garantis par le gouvernement.

Vous ne nous ferez pas croire que votre compteur GDF a lui aussi été saisi par les huissiers !

De fortes émanations d'électricité empuantissaient la maison...

L'électricité, ce n'est pas que de la lumière...

La mairie s'était alarmée de ces 12 mètres cube d'électricité...

Dès que la température passe en dessous de 900°, le démarrage de la chaudière est automatique.

La grève n'a touché que ceux qu'elle n'a pas atteints...

Électricité de France, véritable usine à gaz...

L'odeur s'était répandue comme une traînée de poudre qu'elle était...

Pour la coupure d'électricité, nous ne sommes pas au courant...

Grâce à un branchement pirate, le couple suçait ses voisins du matin au soir depuis deux ans.

Le prélèvement automatique ne se fait pas automatiquement...

Il s'agissait d'un vieux compteur bleu tout noir.

L'explosion de gaz était vraisemblablement due au gaz...

La rupture d'un câble électrique a mis le feu à cette grange qui ne faisait pourtant pas partie des abonnés EDF.

La visite médicale des agents EDF a dû être interrompue faute de courant.

EDF produit l'électricité la moins chère parmi celles qui ont le coût le plus élevé.

L'énergie produite par les centrales nucléaires n'est pas vraiment radioactive...

Asphyxié par une fuite d'électricité, il s'en est tiré de justesse.

Nous ne sommes pas responsables de toute la pourriture que vous avez dans votre congélateur.

Ces coupures de courant à répétition n'ont eu aucune influence sur la distribution du courant.

L'installation étant enfin au point, il suffisait d'allumer pour éteindre.

L'installation électrique datait du 15ème siècle et s'est révélée hors normes...

Nos compteurs comptent sûrement mieux que vous !

Mortellement touché par l'électrocution, l'ouvrier s'est éteint peu après...

Vous nous parlez d'une consommation de 160 kilos d'électricité : pouvons-nous savoir comment vous l'avez pesée ?

Le calcul est établi sur la base d'une année de 13 mois...

Toutes les ampoules ont pété comme un seul homme...

L'ouverture du marché de l'électricité provoquera des fermetures.

L'homme fabriquait lui-même son courant qu'il revendait au marché noir...

La comptabilité de la menuiserie avait réglé sa facture avec un chèque en bois...

La vieille dame fonctionnait encore au 110...

Trop puissante, la clôture électrique faisait allègrement danser les vaches...

CHAPITRE 13

La police

Acceptant enfin de passer aux aveux, la femme demanda un prêtre...

Le défunt a formellement reconnu son agresseur.

Déjà arrêté pour divers délits mineurs (viols, tentatives de meurtres, coups et blessures...), le gitan eut le culot de nous demander son chemin.

La tête ne lui tenait plus que par la peau du derrière...

La femme n'avait aucun papier d'identité sur elle, ce qui permit de l'identifier facilement.

La balle responsable de la mort a tourbillonné dans le corps en cherchant tous les organes vitaux.

Il dépassait la vitesse autorisée de 0, 8 grammes.

Éleveur de volailles par son métier, l'homme se permit naturellement de nous traiter de « poulets » !

Aucun dégât n'est à déplorer à l'exception de deux ou trois morts.

À notre arrivée, l'homme faisait le mort dans le but de nous faire croire qu'il n'était plus vivant.

Le feu vert était bien rouge quand il le franchit...

Au dire des témoins, si la victime était restée chez elle, l'accident n'aurait pas eu lieu...

Après les sommations d'usage, nous avons été obligés de l'abattre sans sommations.

Le suspect nous a alors menacés en fronçant les sourcils...

Nous avons maintenu le suspect en détention pour le détendre...

L'homme nous racontait tous ses larcins sans s'apercevoir que nous étions des policiers en uniforme.

Le commissaire GALON est élevé au grade de directeur général des polices urbaines des Hautes-Pyrénées.

Quand on lui a passé les menottes, l'homme nous a traités de « Starsky et Hutch » avec l'intention de nous nuire.

Entendu toute la journée, l'homme n'a rien dit.

Entré dans la police sous un faux nom, il y travaillera 13 ans.

Lancé à ses trousses et sur le point de lui mettre la main au collet, l'agent a glissé sur une merde de chien.

Le suspect a tenté de renverser son café dans la machine à écrire de l'inspecteur pour échapper à la prison.

Cinq des trois suspects ont été relâchés...

Le suspect avait surtout le tort de toujours avoir raison.

Nous avons verbalisé pour tuer le temps avant l'arrivée des secours.

À ces accusations, nous avons répondu qu'il n'y avait pas de raison que les policiers soient plus bêtes que les gendarmes...

La femme a vraisemblablement été étranglée par son assassin...

On ignore les raisons qui ont poussé le désespéré à se faire assassiner...

À l'occasion de la prise en chasse d'un bœuf qui s'était échappé du marché de La Villette, les gardiens de la paix avaient essayé de faire usage de leurs mitraillettes. Celles-ci s'étaient enrayées. Puis un gardien essaya de tuer l'animal avec son revolver : l'arme s'enraya aussi... S'agit-il du mauvais fonctionnement des armes ou du manque d'entraînement des gardiens ?

Le carrefour était si petit que même un agent n'y tenait pas...

Pour se venger de son supérieur hiérarchique, un inspecteur de police de Briançon (Hautes-Alpes) avait inscrit la femme de son commissaire sur deux serveurs télématiques érotiques donnant avec précision mensurations, fantasmes et numéro de téléphone.

Tout nu, l'homme réglait la circulation en imitant les gestes ridicules de la police.

Dès qu'il s'était relevé, l'inspecteur avait été relevé de ses fonctions.

Il tenta alors de nous acheter moyennant quelques gâteries...

Au bout de trois heures d'interrogatoire, l'individu finit par avouer qu'il était noir.

L'homme courait à perdre haleine malgré sa jambe artificielle qui s'était décrochée...

Imaginez que l'on se trouve en présence du cadavre d'une personne morte depuis 8 ou 10 jours : il n'y a pas nécessité d'appliquer la procédure de flagrant délit.

Lors de son arrestation, le travesti perdit les pédales...

Il est probable que la suicidée a été lâchement assassinée.

Seule l'autopsie pourra dire si l'homme est encore vivant...

La police ne pratique pas la « torture », mais peut infliger parfois de légers « sévices ».

La chambre civile du tribunal de grande instance de Strasbourg a jugé que le graffiti « Je nick la police » qui figurait sur une photo publiée dans un journal de la ville de Strasbourg n'avait pas de caractère injurieux.

L'homme avait tenté de forcer toutes les issues de la femme sans parvenir à s'y introduire.

L'homme passait sa vie à écrabouiller sa famille sous ses colères d'alcoolisme...

Prétendant exercer le métier de peintre, l'homme fut incapable de nous en dire plus et s'emmêla les pinceaux dans ses explications.

Mort sur le coup, l'homme avait déjà été victime d'un accident identique l'an dernier...

Enfermés 24 heures sur 24 dans le noir total, les animaux ne voyaient pas la vie en rose.

Deux Tunisiens se sont jetés sur deux fillettes de 11 ans, hier à 11 h 30, rue d'Aix. Ils ont emporté leurs mouchoirs.

Nos soupçons furent éveillés par la canne noire que le soi-disant aveugle portait sous le bras.

Seuls quelques dégâts matériels furent notés sur le cadavre...

Malgré son mariage et ses quatre enfants, l'homme vivait comme un veuf éploré...

L'homme vivait seul depuis son mariage...

Il avait culbuté une femme au milieu de la rue sans même prendre le temps de s'arrêter sur elle.

Malgré ses 80 ans, la vieille femme retrouva ses jambes de 20 ans pour tenter de se soustraire à nos questions.

Hier soir, seuls deux accidents mortels, sans victimes heureusement, étaient signalés.

Face à face avec son adversaire, l'homme le prit en traître par derrière...

Excellent nageur lui-même, l'homme se noya comme les autres...

L'homme qui avait dérobé ces miches s'en prit ensuite à celles de la boulangère...

La mer était sa terre natale...

Grièvement blessée, la vitrine s'effondra en morceaux...

M. Martin fut si violemment frappé qu'il reprit connaissance.

Pendant tout l'interrogatoire, l'homme n'a cessé de nous dévisager avec ses propres yeux.

Il s'était introduit dans la sacristie en escaladant la Sainte Vierge...

Le choc fut sans gravité même s'il fallut déplorer deux morts...

L'homme ne semblait pas avoir prévu son meurtre avec préméditation...

Après identification, le corps fut rendu à sa famille dont personne n'a pu retrouver la trace.

Un violent coup sur la tête semblait indiquer une mort naturelle...

Le défunt confirma que son meurtrier avait bien agi seul.

Le policier put frapper son agresseur à la tête sans difficulté, son arme étant parfaitement réglementaire.

L'homme a refusé de reconnaître qu'il nous avait menti en affirmant qu'il était mort.

Nous n'avions que 2 chances sur 2 de réussir l'opération, c'est pourquoi nous avons préféré attendre les renforts.

L'homme nous raconta toute la vérité qui n'était qu'un tissu de mensonges.

L'homme refusa de nous présenter ses papiers qu'il n'avait pas.

L'homme nous parla de son affaire qui n'était pas bien grande au début mais qu'il avait réussi à faire grossir grâce à son épouse...

L'homme attendait l'autobus d'un œil suspect...

La femme ayant été décapitée, il nous a été impossible jusqu'à présent de mettre un nom sur son visage.

C'est alors que le suspect a eu l'audace de s'endormir pendant que nous l'interrogions.

L'homme fut atteint au nez et aux narines...

Prétendant être amnésique, l'homme déclina son identité et fournit tous les détails nécessaires à l'arrestation de son agresseur.

Le suspect étant sans domicile fixe, les policiers purent le cueillir quand il sortit de chez lui.

À notre grande stupeur, le prisonnier avait passé les menottes au radiateur avant de filer.

La femme se débattit violemment quand les trois hommes s'en prirent à sa queue de cheval dans le but de la tirer.

Strangulé à coups de marteau, le cadavre gisait dans la rivière...

Interrogé par nos soins, l'homme a alors menacé de nous répondre si on continuait à l'interroger...

Le trio des voleurs étaient composé de quatre hommes d'origine africaine...

L'homme, âgé d'environ 30 ans, semblait enduit de chair humaine.

L'homme avait suffisamment gardé la tête froide pour ranger soigneusement les morceaux du corps au congélateur.

Le prévenu a attendu d'avoir fini son repas pour commencer une grève de la faim.

L'homme portait une perruque pour faire croire qu'il était chauve.

Trois personnes devaient trouver la mort dans cet accident où périrent les cinq enfants d'une même famille.

L'homme s'était enfermé dans une violente colère dont il ne sortit que pour y entrer à nouveau.

Le blanc de la cible avait été tracé à l'encre noire...

Tombé du cinquième étage dans une plate-bande, l'enfant se releva comme une fleur.

L'homme nous regardait avec une insolence qui n'avait d'égale que sa culpabilité.

Le conducteur avait refusé la priorité sans savoir qu'il était prioritaire...

Il est avéré que le plaignant a porté plainte uniquement pour le plaisir de se plaindre.

L'homme reconnut sans difficulté qu'il avait bien insulté la contractuelle ci-dessus désignée mais ne voulut jamais avouer pourquoi il avait tenté de lui arracher son chemisier.

L'homme prétendit être indisposé par le sexe de l'inspecteur qui était féminin...

Le vol ayant été déclaré à 21h précises (voir procès-verbal), nous avons pu appréhender un suspect dès 20 h 30.

Il s'agissait de trois hommes dont la couleur de peau laissait croire qu'ils étaient originaires d'Afrique puisqu'ils n'étaient pas blancs.

Le cambrioleur avait dissimulé maladroitement son butin (une commode Louis XV et un vaisselier du XVIIIe) sous son anorak.

Après avoir écrasé un massif de fleurs de la municipalité, la voiture continua paisiblement son chemin en écrasant son accélérateur.

Entendu dans nos locaux, le suspect s'est endormi sous nos questions.

Sous les ordres du commissaire de police Bernard VINGTDEUX...

Nous avons alors menacé cette femme de prison, à quoi elle nous a répondu qu'elle « préférait passer le restant de sa vie en tôle qu'avec le sale connard qui lui servait de mari ».

La voiture a continué son chemin en rigolant de nos coups de sifflet.

Mortellement blessé par la collision, le poteau s'était écroulé sur la route.

Il s'agissait d'enfants d'une même famille dont les parents n'étaient pas du tout les mêmes...

La fracture dont a été victime notre inspecteur part de l'épaule jusqu'au tibia.

L'homme fut cueilli quand il grimpa dans un arbre...

L'autoradio retrouvé sur le voleur était branché sur TF1...

Les deux victimes n'avaient heureusement que des dégâts matériels sur elles.

Surpris par la nuit, les voleurs s'étaient endormis sur leur vol.

L'homme, qui exerce depuis 20 ans le métier de fourreur, a farouchement nié les accusations de viol...

La femme nous a lancé des qualificatifs orduriers qui ne se justifiaient pas dans la bouche d'une mère de cinq enfants.

Pour expliquer son geste meurtrier, l'homme nous expliqua qu'il « ne l'avait pas fait exprès mais qu'il recommencerait s'il le fallait ! »

Le chien bondit alors par dessus son maître avant de s'envoler sous nos yeux.

L'homme fut mortellement touché de plusieurs coups sans gravité.

Après nous avoir traités de « ripoux », l'homme se mit à ricaner comme une hyène...

Rendu totalement amnésique par le choc, le jeune homme se souvenait avec précision de tous les détails de l'accident.

Contrairement aux premières constatations, le viol a bien eu lieu DANS la victime.

Le commissariat étant désert à cette heure-là, les malfaiteurs purent uriner sans être dérangés sur tous les dossiers du service.

Nous avons pris l'homme en flagrant délit deux jours après son forfait.

Les neuf coups de couteau relevés sur le cou et le visage de la défunte laissaient croire à une mort qui n'était pas naturelle...

Vu les circonstances, nous avons donc été contraints d'arrêter le suspect en son absence...

Si la fenêtre du bureau des inspecteurs n'avait pas été fermée, elle aurait été ouverte, ce qui lui aurait permis de s'enfuir, ce qui n'était heureusement pas le cas.

Les policiers en civil s'inquiètent : « Parfois, des collègues en uniforme nous matraquent en nous confondant avec les casseurs. »

Le voleur lui-même figurait parmi les objets dérobés...

Quand nous avons découvert son corps, le suicidé avait l'air soucieux...

Le tiroir-caisse était en effet vide comme s'il n'y avait rien dedans.

La jeune inspectrice venait juste de prendre ses fonctions qu'elle inaugura par un viol collectif...

Son décès indiquait une mort récente.

L'homme était bien trop élégant pour être coupable...

L'homme nous a traités d'imbéciles, de salauds, d'ordures et de pourritures sans que nous puissions le démentir.

Bilan : deux morts sans dégâts apparents.

Quatre des deux blessés succombèrent à leurs blessures.

Non seulement la mère n'est pas morte comme le prétendent ses enfants, mais il a même été prouvé qu'elle est en vie.

Maîtrisé par nos soins, l'homme s'est enfui à toutes jambes...

Le sexe féminin de notre inspectrice semblait déranger l'homme qui pourtant était de sexe masculin.

Le cadavre ayant disparu, il était difficile de savoir s'il s'agissait d'un homme ou d'une femme.

Malgré sa mort, l'homme put reconnaître les deux suspects.

L'homme prétendait n'avoir rien dérobé de répréhensible si ce n'est une liasse de billets de 500 francs...

Malgré son décès, l'individu passa des aveux complets.

L'officier de police LATROUILLE fêté pour son départ en retraite.

Sous sa perruque, l'homme cachait un dentier...

Le car de Police-secours a dérapé sur la pluie avant de s'encadrer dans la porte du commissariat.

Le choc fut suivi d'une explosion si violente que personne ne l'entendit.

Un examen approfondi nous permit de constater que les blessures du mort étaient mortelles.

Malgré sa taille, l'homme semblait vivre petitement...

Le suspect prétendait faire la quête pour les Restos du cœur alors qu'il n'avait vraiment pas le physique nécessaire !

Le sang coulait si fort qu'il avait déjà rempli les deux chaussures !

Arrêté au feu rouge, le conducteur fit semblant de ne pas nous voir en nous regardant fixement.

Le billet de 500 F dérobé dans la caisse de son patron était en fait un chèque...

Si la porte du local avait été fermée, le voleur n'aurait pas pu voir qu'elle était ouverte.

Son adresse avait changé même si c'était exactement la même...

Le sommeil l'avait surpris dans sa mort...

Ses affirmations ne nous ont pas convaincus puisqu'il était noir.

S'il n'y avait pas eu de route à cet endroit, la collision entre les deux véhicules aurait pu être évitée.

M. Léon FLICK, médaillé d'honneur de la police, à Strasbourg.

Ce meurtre était donc bien un crime...

La garde à vue de 24 h fut donc raccourcie d'une semaine...

Le suspect ressemblait tellement au portrait-robot qu'il était évident que ce n'était pas lui.

Pour nous impressionner, il arrêta de respirer pendant plus d'une heure.

La version donnée par l'homme avait le mérite d'être vraie même si elle n'était qu'une suite de mensonges incroyables.

La victime se présenta dans nos locaux à 16 h pour nous annoncer sa mort.

L'individu offrant trop de résistance à nos efforts pour l'arrêter, nous avons décidé qu'il n'y avait pas lieu de verbaliser.

Le squelette ne réussit même pas à dire un mot aux enquêteurs.

Sa signature illisible permit de l'identifier rapidement...

Les nombreuses blessures relevées à la tête et à l'abdomen nous ont permis d'envisager une mort naturelle.

Il pénétra le commissariat et tous ceux qui se trouvaient là...

Et c'est juste avant le lever du jour, vers 16 h 30...

L'agent avait tiré son arme trop tard et s'était donc bêtement tiré lui-même dans la jambe.

Il déchira la contravention comme un dément en nous agonisant de promesses d'enculage...

Sans dire un mot, le plaignant se mit alors à nous raconter le drame.

N'ayant pas de port d'armes, l'homme déclara qu'il pourrait quand même tirer un coup sur sa femme si elle le désirait.

Il s'était introduit chez la vieille dame après l'avoir escaladée avec des pitons.

La femme de chambre était un homme...

La strangulation était évidente puisque la femme n'avait plus de cou.

La morte nous attendait patiemment sur les lieux de l'accident...

Pour souffler dans l'alcootest, il ne lui manquait que la bouche...

Chapitre 14

Les enseignants et L'Éducation nationale

Le collège fermant ses portes à 18 h 30, il n'est pas normal que Tristan prétende être resté en cours jusqu'à plus de 22 h...

Le bizutage étant interdit par la loi, merci de le pratiquer hors de l'établissement.

Les élèves de plus de 18 ans ne sont pas considérés ici comme majeurs.

La politique étant interdite dans l'établissement, les élèves ne sont pas autorisés à y introduire des revues pornographiques.

Certains élèves s'étant laissé aller à applaudir à la fin de certains cours, il est rappelé que cette pratique n'a pas lieu d'être.

La cantine est désormais réservée aux élèves déjeunant à la cantine.

En cas de renvoi, l'élève sera renvoyé...

Les élèves sont priés de ne pas boucher les W.C. avec des excréments.

Les élèves de sexe masculin sont invités à ne pas en changer avant la fin de l'année.

Les examens se dérouleront comme prévu à une date encore indéterminée.

Une tenue décente est obligatoire, même si elle n'est pas recommandée.

L'établissement fermant ses portes à 19 h précises, merci de quitter les locaux dès 20 h.

Le personnel chargé du nettoyage étant en grève, les cours de philosophie sont supprimés.

Le port de la blouse n'est pas obligatoire quand il est autorisé...

Madame LANCIEN, qui part en retraite, sera bientôt remplacée par Monsieur NOUVEAU.

Les vestiaires réservés aux filles sont interdits à tous les garçons, sauf aux professeurs.

Un couteau à cran d'arrêt a été découvert dans un des vestiaires : il est rappelé qu'il est rigoureusement interdit d'introduire des armes à feu dans l'enceinte de l'établissement.

Vous voudrez donc bien vérifier sur les mots d'excuses écrits de la main de votre fils si ceux-ci sont bien de votre main...

Les chaises de métal en plastique seront donc remplacées dès le mois prochain...

Les filles ayant été inondées par certains garçons de Seconde sont priées de venir témoigner.

L'escalier A est réservé aux filles, l'escalier B aux garçons, l'escalier C à tous les autres.

La réunion du Conseil de classe prévue ce matin est reportée à lundi prochain, 21 mars, à 9 h. La date et l'heure de cette réunion n'ont pas encore été fixées.

Il est interdit de prendre des photos pendant les cours.

L'affichage politique ou pornographique est naturellement prohibé sur les tableaux de service...

En cas d'absence pour raisons de santé, veuillez remettre les certificats médicaux avant le début de la maladie.

L'élève ayant dérobé la gardienne est prié de la rendre...

L'école avait dû fermer faute de combattants...

Nous avons surtout noté que votre fils nous prenait pour des imbéciles en prétendant faire passer pour une calculette ce qui était en réalité un téléphone portable dont il se servait pendant les cours...

En conséquence, le montant des objets de grande valeur volés par votre fils s'élève à environ 30 francs...

Vous prétendez que votre fille n'a pas digéré le repas d'hier pris à la cantine... Je me permets donc de vous signaler qu'hier était un dimanche et que votre fille a donc vraisemblablement dû déjeuner chez vous...

La sonnerie indiquant la fin des cours étant cassée, merci de ne pas en tenir compte.

Les cahiers devront être remis à M. BROUILLON.

La visite médicale pour les filles aura lieu ce matin à 22 h 30.

Personne dans cet établissement n'a jamais levé la main sur votre enfant, le réglement interdisant malheureusement de telles pratiques...

En cas d'absence du surveillant, s'adresser au surveillant.

Surpris avec un téléphone portable pendant l'examen, l'élève menaça d'appeler son père qui était avocat...

La discipline de l'établissement s'applique à tous et surtout à ceux qui en ont besoin.

Si votre fils ne vient en classe que pour se fiche de la tête des autres, autant qu'il le fasse chez vous !

Voilà deux semaines que Delphine passe d'excellentes nuits pendant mes cours...

Une absence prolongée doit être de courte durée.

Le divorce de ses parents ne l'autorisait pas à flirter en classe...

La bibliothèque servait de dortoir aux fainéants...

Nous ne pourrons plus tolérer que votre fils continue à traiter ses différents professeurs avec le respect qu'il ne leur doit pas !

Son motif d'absence était bien l'absence...

En cas d'incendie, ne pas paniquer et écrire au proviseur qui prendra les mesures nécessaires.

Le terrain de sport étant impraticable, merci de ne pas utiliser les toilettes.

Même les filles ont été inondées côté cour...

En cas de contestation des barèmes de notation, prière d'en informer immédiatement Mme BONNENOTE.

La mendicité est interdite pendant les cours...

Onze pneus crevés en 48 h sur des voitures de professeurs laissent penser qu'il s'agit bien de crimes monstrueux...

Des graffitis injurieux maculent régulièrement le derrière des professeurs...

Il est interdit de garer les vélos et cyclomoteurs dans les salles de cours.

Parler une ou plusieurs langues étrangères reste le meilleur moyen de ne pas parler que le français.

De graves tricheries aux examens ont même été constatées à la cantine.

L'échec à cet examen n'est pas une condition de sa réussite...

Les élèves de plus de 50 ans n'ont pas accès à la garderie.

Appelés à midi, les pompiers furent très vite dans l'établissement, vers midi moins le quart...

Cette salle sera fermée lundi et mardi pour cause de fermeture définitive.

Les élèves nés entre le 150 décembre et la fin de l'année sont inscrits d'office.

Les départs en vacances ne s'effectuent pas pendant les cours...

Le surveillant ne pouvant être partout à la fois, il n'était nulle part...

L'usage de baladeurs ou de transistors sera sanctionné par la confiscation immédiate des appareils au profit des professeurs.

Un peu de respect n'a jamais fait de mal à personne et surtout pas aux enseignants...

La rentrée scolaire correspondait cette année-là au début des cours...

Fermeture définitive des portes à 18 h précises pouvant s'étaler jusqu'à 19 h 30.

Thème du débat : L'échec scolaire est-il dû à la scolarité ?

Même les absents ne peuvent être exemptés de la visite médicale.

La cantine est faite pour y manger et non pour y vomir.

Le couloir de la cantine doit être bientôt repeint en vert caca d'oie...

Les relations sexuelles ne sont tolérées qu'en dehors de l'enceinte...

Il convient de classer les élèves en trois catégories bien distinctes :
1/ Sexe masculin
2/ Sexe féminin
3/ Professeurs

Les quatre classes de terminale seront prochainement terminées...

Les inscriptions ont lieu tous les jours de la semaine, à l'exception du lundi, mardi, mercredi et jeudi.

Devant le lycée, M. BAGARRE donna des apaisements aux manifestants.

Les externes ne bénéficient pas du même statut que les internés...

Ayant perdu sa faculté, le lycéen avait dû arrêter ses études.

Ces W.C. sont encore plus bouchés que mes élèves...

La jeune fille (3ème) et le garçon (Terminale) ont été surpris sans pantalon et torse nu dans le local du chauffage central en train de se livrer l'un sur l'autre, avec les mains et avec la bouche, à des attouchements divers qui ne laissaient quasiment aucun doute sur la nature physique de leur contact.

Le contrôle continu ne s'arrêtera pas...

Le livret d'information à l'usage des élèves doit être exclusivement distribué aux professeurs.

Tous les espoirs sont permis avec la cuvée 1998 du baccalauréat qui ne devrait pas être meilleure que celle de 1997.

Tous les ballons ayant été dérobés par des élèves indélicats, le cours de musique a dû être supprimé.

La récréation n'est pas considérée comme une excuse valable pour sécher les cours.

Ses parents prétendent qu'elle a été mise enceinte dans l'enceinte de l'établissement.

Les couteaux seront eux aussi considérés comme des armes à feu.

Les corrections ne sont pas contestables sauf en cas de contestation.

Proche de la retraite, l'instituteur négligeait ses missions pédagogiques au profit de sa maladie.

Le cours de philosophie prévu à 10 h est reporté à 10 h.

Dans le cas de Pierre, trop de mensonges ont fini par nuire à son honnêteté foncière.

La sonnerie ne s'étant pas déclenchée, les cours n'ont pas pu s'arrêter...

Pris de vomissements, l'élève a craché tripes et boyaux sur son professeur...

Les syndicats enseignants doivent respecter leur mission qui n'est pas de faire du proxénétisme* dans l'établissement.

Le ramassage scolaire donnait lieu à des débauches sur les sièges du car qui étaient pourtant inconfortables...

* *Sans doute pour « prosélytisme »... (Note de l'auteur)*

Il s'agissait d'un vieux cartable qui n'avait plus forme humaine...

Centre pédagogique régional de Paris-Sud. Éducation physique et sportive : responsable : Mme CRAMPE.

L'instituteur s'est contenté de lui tirer gentiment l'oreille, qui s'est pourtant détachée...

L'accès à la cantine est strictement subordonné à l'absorption de nourriture.

Les réformes de l'enseignement ne sont pas décidées par les élèves...

Le cours d'anglais fut envahi par les Allemands...

L'accident ayant eu lieu, la direction ne put que le constater...

L'équipe de nettoyage a retrouvé des préservatifs usagés jusque dans la salle des professeurs...

Les élèves n'ont pas attendu l'autorisation du proviseur pour se pénétrer...

Le remplacement des nombreux professeurs absents reste une priorité pour le chef d'établissement qui n'a malheureusement aucune solution à proposer...

Le début d'incendie ne vit jamais le jour...

D'une intelligence supérieure à la moyenne, il était promis à un échec certain...

Le proviseur précise qu'une tenue dite « correcte » est celle qui assure un minimum de correction.

Il s'était endormi en cours, accusant la télévision de l'avoir regardé.

Le nouvel instituteur prendra donc ses fonctions suite à son décès...

Absent depuis deux mois, Arnaud n'a pas manqué un seul cours.

L'histoire avait beaucoup souffert de la géographie...

Les objets volés ont tous été retrouvés sur votre fils, dont le vélo de la gardienne...

L'instituteur faisait ce qu'il pouvait pour canaliser la haine que lui vouaient parents et élèves...

Le professeur indélicat a été sévèrement sanctionné par une légère admonestation.

La sortie ne peut s'effectuer qu'après une entrée...

Les copies non remises dans le temps imparti seront purement et simplement corrigées.

Les certificats médicaux signés par les parents n'ont aucune valeur médicale.

À cause de la grippe, les participants aux classes de neige ont fondu...

Cette assurance facultative est obligatoire.

Le réglement est formel sur ce point : un élève entré dans le lycée n'en ressort jamais.

L'élagage des arbres du terrain de sport est rendu nécessaire par son caractère indispensable.

La question n'était pas à l'ordre du jour du Conseil et a donc été longuement débattue.

La consommation de papier-toilette est augmentée par l'arrivée de l'hiver...

Le port de casquettes, bérets, foulards ou chapeaux est interdit, même en période de carnaval.

En-dessous de 18 ans, l'élève majeur ne l'est pas encore...

Les filles ont été découpées par des garçons qui voulaient se glisser dedans.

Par commodité, les élèves ont donc été découpés en tranches...

Renvoyé par la porte, l'élève avait suivi le cours par la fenêtre...

Les résultats seront affichés par téléphone...

Le port de sous-vêtements est obligatoire pendant les heures de sport, surtout pour les filles en haut et en bas...

À son arrivée, la jeune fille ne savait ni lire, ni écrire, ni regarder.

Tout colis suspect sera détruit comme l'élève qui l'aurait oublié.

Les dossiers ne sont à retirer que s'ils sont encore disponibles...

L'élève menaçait de faire une crise cardiaque si on l'interrogeait encore !

Le bizutage est une pratique dégradante qui n'a pas à être encouragée, sauf en dehors du collège.

Cet examen est reporté à une date indéterminée : le 12 mars, à 16 h.

Faut-il rappeler que ces contrôles ne sont pas des suggestions mais des obligations ?

Les cours de musique étaient devenus des cours de bruit...

L'enseignant avait été tagué de la tête aux pieds...

Tout étranger au collège sera considéré comme étranger à l'établissement...

S'il est trop souvent absent, autant que l'élève reste chez lui pour y suivre les cours.

Les mots d'excuses des parents doivent être signés lisiblement par les élèves.

Pendant le cours de M. Langlois, il est interdit de se pénétrer.

Aucun coup n'a été porté sur l'élève victime de ces sévices...

Une exclusion immédiate a été prononcée à l'unanimité des deux professeurs présents.

Pour les handicapés, les dispenses de gymnastique doivent être motivées.

L'élève incriminé prétendait que la discipline requise pour les déplacements dans les couloirs portait une atteinte grave à sa liberté de citoyen français, alors qu'il était d'origine maghrébine.

Les interrogations écrites ont eu lieu par oral...

Les mathématiques n'étant pas une science exacte...

La visite de l'inspecteur d'académie a donné lieu à des débordements de joie...

L'épidémie de grippe qui sévit actuellement a décimé le corps professoral dans les grandes largeurs...

Si nous fermons des établissements, c'est pour mieux les ouvrir.

Le vestiaire des professeurs a été violé avec tous ceux qui se trouvaient dedans...

Afin de mieux faire connaissance, toutes les candidates seront étendues par M. le Directeur avant de passer l'examen.

Il est rappelé que la fréquentation des deux salles de chimie peut être explosive...

Chapitre 15

Les douaniers

L'homme avait caché les montres dans un réveil...

Selon ses dires, l'homme prétendait franchir la douane avec seulement son honnêteté et ses bagages...

Dès le départ de l'avion, le suspect s'est envolé...

Ayant eu un malaise, l'homme n'a pas pu jouir d'un interrogatoire.

Quand nous avons palpé le paquet de l'homme, celui-ci s'est mis à pleurer...

Confronté à ses différents mensonges, Monsieur X... fut bien obligé de reconnaître qu'il n'avait pas varié depuis sa dernière déclaration.

Les documents douaniers étant parfaitement en règle, nous avons procédé à leur vérification...

Malgré nos demandes réitérées, la personne interpellée n'a pris la parole que pour se taire.

Les trois Africains soupçonnés ont vite été blanchis...

Les deux hommes arrêtés étaient au nombre de cinq...

Ses explications ne nous paraissant pas très claires, nous avons sommé l'homme de parler français sous peine d'amende.

L'ours en peluche suspect a bien été éventré par nos soins, d'où nous avons conclu qu'il ne contenait que du rembourrage légal.

*La valise était
sans poignée et
le passager aussi...*

L'homme n'ayant pas d'argent sur lui, nous l'avons sommé de nous régler immédiatement la totalité des sommes dues au titre des taxes diverses.

L'homme avait cru bon de cacher ses vêtements dans sa propre valise...

L'homme a refusé de s'acquitter de la taxe douanière sous le prétexte fallacieux qu'il était noir...

L'homme continua de nier pendant trois heures que sa femme lui servait de valise.

Plus le suspect cherchait à nous donner des explications sur la présence de cannabis dans sa valise, plus nous avons compris qu'il ne parlait pas la même langue que nous.

Le ressortissant nous a présenté un passeport visiblement fait de ses dix doigts...

Les jambes artificielles étant des planques bien connues de nos équipes, nous avons donc fait démonter le bras de cette femme...

Quand nous avons compris que le bagage était rempli de vide, nous l'avons restitué immédiatement à son propriétaire.

Faute de suspect, nous avons été obligés de relâcher les preuves...

Le bagage était vide, comme s'il n'y avait rien dedans...

Les choses n'ont pas pu se passer comme le prétend le ressortissant algérien puisqu'elles se sont passées autrement...

Au contrôle, l'homme présenta un passeport si maculé que nous n'avons pu déterminer son sexe.

Dans sa trousse de toilette, l'homme n'avait pas mis que les affaires qu'on y trouve habituellement puisque nos services y ont découvert aussi les objets suivants : 1 brosse à dent, un tube de dentifrice de marque Colgate, un peigne en écaille, 1 rasoir électrique de marque Braun, 1 tube de comprimés d'Aspirine, 5 lingots d'or poinçonnés d'un kilo chacun, un service d'argenterie état neuf de 98 pièces, 6 grands plats en argent, 25 liasses de 20 billets de 5OO francs français état neuf, 15 liasses de billets de 200 francs français état neuf et 10 liasses de billets de 100 francs français état neuf.

La barrette de haschich était cachée dans une seringue dont l'homme prétendit ne pas faire l'usage...

Le sac que portait la femme ayant aboyé à plusieurs reprises, nous en avons conclu qu'il ne contenait pas que des vêtements comme elle le prétendait...

De tous les suspects qui étaient descendus de l'avion, cet homme était le plus suspect car il avait un accent africain comme sa peau...

Le transport des animaux étant interdit en cabine, le chien avait été déguisé en petite fille...

Vers 17 heures, l'homme s'est présenté sous douane avec sa valise vide comme sa femme aussi.

Les deux suspects étaient de nationalité inconnue malgré leurs passeports de Côte-d'Ivoire.

La forme de sa valise nous a semblé bizarre car il s'agissait d'un sac à dos...

L'homme arrivait d'Istambul avec un grand sac de drogués de son pays...

L'équipe de manutention de l'aéroport nous signala à 21 h 15 qu'un des colis débarqué du vol Paris-Rome émettait un bruit semblable à celui d'un réveil mécanique. Vérification faite, il s'agissait en fait de plusieurs réveils mécaniques.

L'accusé a refusé de nous répondre sans la présence de son avocat qu'il ne connaissait même pas...

Ses papiers, même s'ils étaient faux, étaient parfaitement en règle...

Le bagage attendait avec un air louche...

L'homme a essayé de nous faire croire qu'il ne parlait pas le français alors qu'il parlait parfaitement l'algérien.

L'homme est mort avant de passer les contrôles douaniers, vraisemblablement pour n'avoir pas à nous présenter ses papiers.

La femme était accompagnée de deux enfants de nationalité noire...

Le corps du délit était caché dans l'anus de l'homme...

Malgré une fouille minutieuse, nous n'avons trouvé sur l'homme que son corps.

Déguisé en femme, l'homme prétendait être enceinte d'un coussin rempli de cannabis marocain.

Le montant des doses saisies était sans grande valeur et devait approcher les 5 millions de francs.

Avons donc contrôlé tout ce groupe de 3 personnes dont 6 au moins n'étaient pas en règle.

Le ressortissant transportait sur lui deux tonnes de chanvre indien.

Le corps du délit était invisible comme l'homme lui-même...

Quand nous lui avons demandé de s'expliquer, l'homme a souri comme un coupable.

L'homme avait le tort de ne pas être de nationalité française...

Comme nous lui expliquions que les substances inflammables étaient interdites en cabine, l'homme s'enflamma soudain...

Sans compréhension de notre part, nous avons été obligés de renoncer à comprendre...

Après avoir mangé son permis de séjour sous nos yeux, le dénommé X... se mit aussitôt à manger son passeport.

Passée aux rayons par une de nos inspectrices, la femme continuait à biper malgré sa nudité totale.

CHAPITRE 16

Nos maires et nos élus locaux

Dans leur fuite, les voleurs avaient abandonné leur butin, dont la majorité du Conseil municipal...

Sa femme ne lui ayant pas donné les plaisirs qu'il en attendait, l'homme se prit soudain d'affection pour toute la commune.

Le discours, malgré le crachin de M. le maire, fut très applaudi.

À l'aide de la tronçonneuse dont il disposait pour son métier, le vandale avait pillé plusieurs troncs de la commune durant les trois derniers mois.

Le Conseil municipal ayant tranché, il fut décidé de remettre cette question à plus tard.

La réponse négative de la Préfecture voulait bien dire oui...

Dans son allocution, M. le maire explosera son programme pour la commune.

Les buts du stade ayant été volés, le match eut lieu en nocturne.

Ce recensement est obligatoire malgré son caractère facultatif.

Après avoir rendu hommage aux morts de la commune, le maire souhaita longue vie et prospérité à tous.

Défense absolue de circuler et de stationner.

Le pont étant coupé pour une durée de 10 jours, prière de l'emprunter pour traverser.

Parmi la nombreuse assistance, on remarqua surtout l'absence de la famille du défunt qui était là au grand complet.

Nous vous rappelons que la demande de naturalisation française doit être rédigée en français.

Les individus ayant déposé des étrons dans le bénitier de l'église sont avertis qu'ils risquent des poursuites pénales pour entrave à la liberté du culte.

Pour cause de fermeture, la mairie sera fermée pour travaux du 5 au 7 juillet.

L'heure indiquée à la pendule de la mairie doit être relativisée...

Le mensonge et la mauvaise foi, la violence et la malhonnêteté, le vol et l'abandon du sens civique, voilà les valeurs que doit défendre celui qui sollicite vos suffrages pour la mairie.

La personne qui a été vue en train de déterrer le monument aux morts est priée de le rapporter sans faire d'histoire.

La divagation des chiens dangereux est interdite comme celle de leurs maîtres...

L'homme a tenté de perturber à trois reprises la cérémonie en se moquant de l'érection du maire sur la place du village.

Les habitants sont priés de ne pas profiter du cimetière pour jeter ce qu'ils n'utilisent plus.

Pour les tribunes du stade, il faudra procéder au montage du démontage...

Notre équipe de football n'a pas perdu par défaite mais par manque de forme.

33 saucisses à l'heure : c'est le record établi cette année, lors de la kermesse municipale, par la sympathique Mme MONTRETOUT.

L'eau courante est installée au cimetière depuis trois mois, à la grande satisfaction de ses habitants.

Au foyer du troisième âge, le concours de scrabble est reporté à cause du mauvais temps.

Dans le cortège funèbre, le préfet suivaient en silence les hommes et les femmes qui étaient derrière lui...

Le banquet était organisé en l'honneur de tous ceux qui ont faim dans le monde...

Grand concours du meilleur boudin avec M. le maire et son épouse...

La même mairie offre trois postes de maire à mi-temps.

Après l'effondrement du pont, seule l'eau a survécu à ce dramatique accident.

Le projet de club nautique étant tombé à l'eau...

À l'ordre du jour ce jeudi : faut-il remplacer l'urinoir par des WC ?

La Foire aux porcs ouvrira ses portes samedi : amenez aussi votre famille !

Nous apprenons avec tristesse le décès du premier adjoint au maire. Toutes nos félicitations à la famille.

Le concours de la plus belle vache du canton a été gagné par Mme Marbeuf, l'épouse de notre dévoué maire.

Dimanche prochain, grande kermesse de bienfaisance. Mettez à notre disposition tous les objets qui sont devenus inutiles à la maison, mais qui peuvent encore faire le bonheur d'autrui. Amenez aussi vos maris.

Défense de déposer des ordures, même propres.

La fidélité de cette femme était connue et appréciée de tout le monde dans le village malgré ses nombreux amants recrutés dans les communes environnantes.

Notez quand même que le mètre cube d'eau coûte exactement le même prix qu'avant son augmentation...

En raison d'un deuil récent, les obsèques sont repoussées jusqu'à nouvel ordre.

Les habitants du cimetière sont priés de déposer leurs ordures à la sortie.

L'horloge du clocher de l'église ne sonnant plus les 4 coups de 20 heures, on est prié de ne pas en tenir compte.

Il est rappelé que l'abreuvoir est interdit aux automobiles.

Pour cause de travaux sur le réseau, certains habitants de la commune seront coupés à partir de 9 h ce matin.

Le ramassage étant désormais effectué le jeudi, pensez à ne pas laisser sortir toutes les ordures de votre famille avant le mercredi soir.

Le préfet dévora ensuite un à un tous les combattants de la dernière guerre...

La facture d'eau a bien été établie à votre nom, malheureusement nous ne connaissons pas celui-ci.

Une journée du sang aura lieu fin avril dans notre commune. Vous êtes invités à vous faire inscrire le plus tôt possible à la boucherie.

L'enterrement réunit une foule considérable dans l'émotion des vivants et des morts de la commune.

La personne du bâtiment n° 3 qui possède un chien et qui le laisse ouvert avec le volume à fond toute la nuit est priée d'y remédier.

Votre compteur indiquait une consommation de 128 m^3, c'est pourquoi, après examen de votre dossier, nous avons pensé que votre consommation était de 128 m^3.

Dans l'assistance, on remarquait la présence de nombreux absents.

La toiture de l'église avait attendu la fin de l'office pour s'effondrer...

Les jeunes gens établis dans la commune, mais n'y étant pas nés, doivent se présenter à la mairie. Les intéressés devront être porteurs de leurs parents.

L'homme était universellement connu dans tout le village...

Le cortège funéraire emprunta lentement la rue principale avant de mettre les gaz à fond pour rattraper le temps perdu.

Malgré ses escroqueries, tout le village appréciait cette femme à la moralité parfaite.

Hélas, un violent orage empêcha la pluie de tomber...

Il s'agit d'un banquet où l'on pourra manger des vieux...

Au programme du club sportif : le rempaillage de vos chaises.

Le moteur du corbillard étant décédé, il fallut faire appel à celui d'une commune voisine.

À l'occasion de la fête du boudin, grande collecte de sang...

Les obsèques furent inhumées après la cérémonie religieuse.

Mme Paulette LABATTUT, battue avec 40,4 % des voix.

La circulation des voitures n'est autorisée qu'à pied.

La station service sera divisée en deux : d'un côté la station, de l'autre le service.

Pour franchir le pont, il faudra donc provisoirement marcher dans l'eau.

Les machines à laver ont gagné la guerre contre le lavoir municipal.

Le discours fut très applaudi par l'orateur lui-même.

Le ramassage des ordures ménagères n'aura plus lieu le jeudi, mais le jeudi.

La mairie ne met plus de tampons aux jeunes filles...

Les moins de 18 ans sont invités à faire savoir s'ils sont majeurs.

Notons avec satisfaction l'absence de nombreux présents.

Les deux chiens ont été aperçus en train de divaguer avec le maire...

Je me suis incliné sur toutes les tombes qui m'ont donné leurs voix...

Cet établissement psychiatrique est bien entendu réservé aux fonctionnaires.

M. GAZON informe que, dimanche dernier, l'arbitre a failli annuler le match prévu parce que la pelouse n'avait pas été tondue.

Début janvier, un retraité demande un extrait de naissance à sa mairie d'origine... Il reçoit un acte officiel lui apprenant qu'il est décédé le 18 septembre 1988. Sept ans auparavant, un document l'avait déjà déclaré mort le 14 juin 1965.

Arrêté préfectoral concernant la commune de SERQUEUX, signé, pour le préfet et par délégation, le chef de bureau : Odile LABITTE.

Né il y a 8 jours, un bébé n'aura légalement le droit d'exister que dans quelques mois, sa naissance, déclarée trop tard, n'ayant pu être prise en compte par la mairie.

Black, le chien recueilli par la commune de Villiers-sur-Marne, a été titularisé : il est gardien du service entretien et maintenance...

Organisée par le syndicat d'initiative, grande branlette collective.

Les urnes étaient trop bourrées pour que l'élection soit valable...

Un avis aux habitants de Saint-Rémy-sur-Avre intitulé : « Soyez propres ! », signé : le maire, R. SALOT.

Le ministre s'était fait représenter pour inaugurer en personne le bâtiment...

Même si la question ne se pose pas, vous n'y avez pas répondu...

La mission de la cantine scolaire reste avant tout de servir des repas mangeables...

Quand Louise C... s'est présentée à la mairie pour obtenir une fiche d'état civil, l'employé lui a affirmé froidement qu'elle était morte.

Nous sommes, rappelons-le, les fondateurs du syndicat d'initiative de Branles, dont le but est de ramener la vitalité dans la commune.

Le conseil municipal se réunira à la mairie dimanche à 11 heures pour l'érection du maire et de ses adjoints.

Le maire ne répond plus des dépenses inconsidérées faites par l'État...

Le monument aux morts s'est éteint...

En présence de l'absence de mon ami le ministre des Finances, je vous dois une explication...

L'agriculture n'est pas une vache à lait !

La kermesse organisée au profit de l'établissement psychiatrique a eu un succès fou...

La galette du troisième
âge était rancie...

La kermesse au profit de nos vieux n'a malheureusement réuni que les pensionnaires de l'hospice...

M. LERAT, chargé
de la dératisation...

Le crépi de la mairie était tout décrépi...

M. LAPERRUQUE, conseiller général du Tarn, demande que les jockeys portent des cheveux courts.

Cette grande foire annuelle qui a lieu tous les trimestres...

À l'heure de l'expansion du tourisme, notre plus grande force est notre inexpérience...

Si elle n'était pas restée accrochée, la cloche aurait pu se décrocher...

La distribution d'eau est réservée à ceux qui ont des robinets...

Le Noël des enfants est réservé aux parents.

Il a été surpris en train de faire ses besoins dans la femme du maire.

La question se pose d'avoir à poser la question...

La moitié de cette assemblée qui n'en est plus la moitié, quelle que soit la moitié qu'on envisage...

Vendredi 31 mai, cinq mères de famille étaient reçues à l'hôtel de ville et recevaient la médaille de bronze de la Famille française, dont Mme EL BÈZE.

À la grande joie des enfants, les fêtes du 14 juillet virent l'arrivée très applaudie du Père Noël.

La sanisette faisait la grève du zèle...

Interdiction des feux d'artifices et autres animaux domestiques.

Trop d'animaux domestiques ne sont même pas domestiqués...

Les dégâts sont considérables mais relativement mineurs...

Tout le monde reconnut le maire sous ce déguisement de Père Noël ridicule...

Les trottoirs seront refaits dans un matériau plus noble que le plastique...

L'ouverture de la chasse permit à chacun de tirer son coup...

Cette quête qui a permis de réunir environ 250 F permettra la construction de 8 nouveaux logements sociaux.

L'eau courante courait partout dans les sous-sols...

Ancien combattant lui-même, il attendit sa mort pour raconter avec émotion sa guerre dans les tranchées.

La discothèque devra donc fermer ses portes dès 20 h...

Les maires des deux communes, J.M. GROS et Léopold MAIGRE, ne parviennent pas à accorder leurs violons.

Le préfet s'était déplacé lui-même malgré son absence remarquée...

Ambiance torride malgré le gel...

Les candidats sont priés de s'inscrire à la mairie où le secrétaire distribuera à chacun des sexes différents...

Après enquête, on a pu conclure que toutes ces bouses de vache ne venaient pas des habitants.

Dès midi, grand son et lumière en nocturne...

Le 19 mai, célébration officielle de la Saint-Sylvestre.

Ambiance solennelle et recueillie pour ce troisième concours de « Miss seins nus »...

Il fut accueilli en grande pompe par le comité d'accueil qui n'avait malheureusement pas pu être réuni.

Le Nouvel An est reporté à une date ultérieure.

Les permis de pêche sont délivrés chez M. LATRUITE...

Les chiens doivent obligatoirement arrêter d'aboyer dès 22 h.

Les commerçants n'ont donc plus le droit d'installer leurs étals les jours de marché.

Le ski nautique est interdit sur la route.

Exploitation d'une porcherie mixte : M. SALOPPE, commissaire-enquêteur, se tiendra à la mairie…

M. ÉLU, élu avec 18 voix de majorité. Cette élection ayant été invalidée, M. ÉLU ne sera pas réélu.

Le maire félicita les mariés avant d'aller se coucher avec eux…

*Sur 10 votants,
9 pour et 61 contre...*

Exceptionnellement, le Nouvel An aura lieu cette année dès la fin décembre.

Le budget est adopté à l'unanimité des absents...

Les toilettes étant bouchées, le scrutin aura lieu dans la salle des mariages.

Merci de ne pas utiliser les W.C. du chef de cabinet...

L'employée de mairie menait plusieurs grossesses à la fois...

J'ai écrit au ministre pour attirer l'attention sur votre cas. On m'a retourné l'enveloppe avec marqué « N'habite plus à l'adresse indiquée. »

Chez nous, même les enfants ont droit aux colis pour les vieux !

Comme tous les hauts responsables du ministère, cet expert est totalement irresponsable...

Déjà vieux, l'homme avait plusieurs bouches sans dents à nourrir...

LE MOT DE LA FIN

*« Nous avons, c'est un grand atout,
les fonctionnaires les plus compétents
et les plus honnêtes du monde. »*

Jacques Chirac
La France pour tous, Nil éditions, 1994

Sources des citations de la préface

ALLÈGRE Claude : *Le Nouvel Observateur*, 29 janvier 1998.
BALLADUR Édouard : *France-Soir*, 31 mars 1995.
BARRE Raymond : Discours à Saint-Pol-de-Léon, 7 septembre 1979 — *Le Figaro Magazine*, 4 avril 1997.
BAYROU François : T.F.1., 8 septembre 1995.
CHARETTE Hervé de : *Le Parisien*, 10 mars 1997.
CHEVÈNEMENT Jean-Pierre : Interview, 1985 — Au congrès de Valence, 25 octobre 1981.
CHIRAC Jacques : *La France pour tous*, Nil éditions, 1994 — *Libération*, 10 octobre 1996 — *V.S.D.*, 19 janvier 1995 — *Le Populaire du Centre*, 19 février 1981.
DEBRÉ Jean-Louis : Cité par *Le Canard enchaîné*, 18 juin 1997.
FABIUS Laurent : Interview, 2 janvier 1984.
GAUDIN Jean-Claude : *L'Événement du jeudi*, 15 juin 1995.
GISCARD D'ESTAING Valéry : *Libération*, 10 décembre 1990 — *France-Soir*, 4 décembre 1991.
JARROT André : *Le Progrès de Lyon*, 22 avril 1975.
JOSPIN Lionel : Au « Club de la Presse » d'Europe 1, cité par Catherine Nay, *Le Figaro Magazine*, 14 avril 1995.
JUPPÉ Alain : Cité par *V.S.D.*, 7 décembre 1995.
KOUCHNER Bernard : *Actuel*, novembre 1993.
LALONDE Brice : *Le Nouvel Observateur*, 20 février 1992.
LANG Jack : *France-Soir*, 8 mai 1991.
MADELIN Alain : Discours à un colloque de P.M.E., 8 mars 1995.
MAUROY Pierre : Discours au Sénat, 20 novembre 1981.
MÉHAIGNERIE Pierre : Discours au Congrès du C.D.S., Angoulême, 14 octobre 1991.
ROCARD Michel : *Le Journal du dimanche*, 16 juin 1991.
SARKOZY Nicolas : France 2, « L'Heure de vérité », 6 juin 1993.
TOUBON Jacques : *Libération*, 6 novembre 1993 — *L'Événement du jeudi*, 6 novembre 1986.

Ouvrages de Jérôme Duhamel

Dictionnaire des citations du XXe siècle, Albin Michel
Dictionnaire inattendu de Dieu, Albin Michel
Ces amours de bébés, Albin Michel
Grand Inventaire du Génie français en 365 objets, Albin Michel
Vous, les Français, Albin Michel
Le Mémorial du Québec, Éditions du Mémorial (Montréal)
Le Mémorial martiniquais, Éditions du Mémorial (Fort-de-France)
Le Gros Dico du Vrai-Faux, Albin Michel, Le Livre de Poche
Sandwich à la folie, Flammarion

Les Perles de l'école, Albin Michel, Le Livre de Poche
Les Plus Belles Gaffes de Jacques Chirac, Albin Michel
Le Bêtisier des profs, Albin Michel, Le Livre de Poche
Les Perles des misogynes, Albin Michel
Le XXe siècle bête et méchant, Albin Michel, Le Livre de Poche
Les Perles des fonctionnaires, Albin Michel, J'ai Lu
Les Fonctionnaires en folie, Albin Michel
Jacques a dit..., Albin Michel
La Fête des perles, Albin Michel, J'ai Lu
Le Bêtisier du XXe siècle, Lattès, Le Livre de Poche
Lettre à Coluche, Lattès
Le Grand Méchant Dictionnaire, Laffont-Seghers
Encyclopédie de la méchanceté et de la bêtise, Belfond-Acropole
Dictionnaire de la politique et des politiciens, Belfond-Acropole
Le Grand Livre des devinettes, Albin Michel Jeunesse

LE GRAND MÉCHANT BÊTISIER :
1992, Albin Michel, Le Livre de Poche - *1993*, Albin Michel
1994, Albin Michel - *1995*, Lattès
1996, Lattès/Albin Michel - *1997*, Albin Michel
1998, Albin Michel - *1999*, Albin Michel,

EN COLLABORATION AVEC :

Natacha Amal : *C'est merveilleux l'amour*, Albin Michel
Michel Oliver : *La Vraie Cuisine française*, Albin Michel
Benoîte Groult : *Cette mâle assurance*, Albin Michel
Janine Boissard : *Les Secrets du bonheur*, Albin Michel, Le Livre de Poche
Philippe Vandel : *Grand Bazar du pire et du n'importe quoi*, Albin Michel, Le Livre de Poche
Estelle Cerutti : *600 devinettes bêtes et méchantes*, Albin Michel, J'ai Lu
Estelle Cerutti : *Quelle est la différence ?*, Albin Michel, J'ai Lu
Cabu : *Les abrutis sont parmi nous*, Albin Michel, Points/Seuil
Cabu : *Les Interdits de Cabu*, Albin Michel, Points/Seuil
Jacques Faizant / Wolinski : *Tous présidents !*, Denoël
Wolinski : *Vos gueules, les femmes !*, Albin Michel, J'ai Lu
Wolinski : *100 % Français*, Belfond, Presses-Pocket
Wolinski : *Passeport pour l'amour*, Belfond
Wolinski : *Les Socialos*, Albin Michel

IMPRIMÉ EN ESPAGNE PAR LIBERDUPLEX
Barcelone
LIBRAIRIE GÉNÉRALE FRANÇAISE - 43, quai de Grenelle - 75015 Paris
Dépôt légal éditeur. : 39981-12/2003
Édition 01

ISBN : 2-253-15593-4

⊕ 31/5593/4